**Martin Kaiser**

**www.Pflege-Kaiser.de**

PFLEGE KAISER

# Christel und die Nacht des Grauens

Die gruseligsten
Geschichten aus der

## Pflege

Kombiniert mit einem kleinen
Tagebuch für den Pflegealltag, einem
Kalender und paar kleinen Überraschungen

Originalausgabe September 2023
Redaktion, Covergestaltung, Coverabbildung,
Satz und Print von Martin Kaiser

## ***Werden Sie ein Teil in einem der nächsten Buchprojekte!***

*Gerne möchte ich auch in Zukunft weitere Buchprojekte für die Pflege realisieren. Hierzu bin ich fortlaufend auf der Suche nach neuen Geschichten. Aus diesem Grund möchte ich Sie hiermit ganz recht herzlich dazu einladen, ein Teil von einem der nächsten Buchprojekte zu werden, indem Sie mir eines Ihrer persönlichen Erlebnisse erzählen.*

***Nutzen Sie hierzu einfach den QR Code oder gehen auf meine Homepage, wo Sie Ihre Geschichte ganz einfach niederschreiben können.***

***(www.pflege-kaiser.de/schreibe-deine-geschichte.html)***

*Die Geschichte muss natürlich nicht gruselig sein, sondern kann stattdessen auch lustige, traurige, ernste, sehr schön, faszinierende, spannende oder auch sehr seltene Themen aufgreifen.*

*Die Eintragungen auf der Homepage können von Ihnen anonym oder unter Angabe Ihrer persönlichen Daten erfolgen. Wofür Sie sich entscheiden, liegt natürlich bei Ihnen.*

***Ich freue mich schon jetzt darauf erfahren zu dürfen, was Sie so in Ihrem Pflegealltag erlebt haben.***

***Liebe Grüße***

***Ihr Martin Kaiser***

# Inhaltsverzeichnis

Inhaltsverzeichnis

Inhaltsverzeichnis

## Christel und die Nacht des Grauens

(2006 – stationäre Altenpflege – Martin)

Es ist 21:00 Uhr und der Spätdienst neigt sich so langsam dem Ende, so dass es bald nach Hause geht. Ich mache mich auf meine letzte Runde und schaue, ob alle Bewohner gut versorgt sind. Etwas in Gedanken verloren, schlendere ich über den Flur und erschrecke, als mein Telefon in der Tasche klingelt. Mir kommt die Nummer bekannt vor, kann diese aber nicht zuordnen.

Am anderen Ende meldet sich die Nachtschwester, die am heutigen Abend im Nachtdienst eingesetzt war und teilt mir mit, dass es ihr gesundheitlich nicht gut geht und sie nicht zum Nachdienst kommen könne. Im gleichen Atemzug erzählt sie, dass sie die zweite Dauernachtwache schon angerufen hat und diese ersatzweise zum Dienst kommt. Die Ablöse kann sie jedoch erst in etwa zwei Stunden machen. Ich teile der Kollegin am Telefon mit, dass das kein Problem sei und ich länger bleibe, bis die andere Kollegin da sei. Es sind ja nur zwei Stunden. Dass es zwei Stunden sind, die ich nie vergessen werde, ahnte ich in diesem Moment nicht.

Kaum aufgelegt, **höre ich auf einmal ein lautes Schreien.** Ganz erschrocken blicke ich mich um, kann den Schrei aber nicht zuordnen.

Ic [illegible] Flur entlang und versuchte an den B [illegible] üren zu lauschen, wo der Schrei w [illegible] mmen können. Ich höre jedoch n [illegible]

I [illegible] Stationszimmer und mache überall d [illegible] n Flur aus, so dass nur noch die N [illegible] leicht dämmert. Im Dienstzimmer a [illegible] ze ich mich an die Akten, um die E [illegible] tdiensts einzutragen. Plötzlich höre i [illegible] e Musik, ein Rumpeln und dann v [illegible] ergleich zum ersten Mal war es nun j [illegible] lich näher. Ich gehe also wieder auf d [illegible] che in die doch eigentlich ruhige N [illegible] ieße mich noch einmal eine kleine F [illegible]. Am Ende des Flures angekommen, h [illegible] wieder ein Schreien. Ich meine, dass [illegible] auenstimme war, kann es nach wie [illegible] rdnen. So langsam packt mich etwas [illegible] gibt angenehmeres, als in der [illegible] cht, unbekannten Geräuschen auf [illegible] r auf den Grund zu gehen. Es vergeht [illegible] er ist Ruhe, so dass ich mich wieder [illegible] setze.

Plötzlich höre ich erneut laute klassische Musik, die etwas gruselig auf mich wirkt, dem ein wiederholtes Schreien und Poltern folgt. Im Vergleich zu den vorangegangenen Situationen reißt es dieses Mal jedoch nicht abrupt ab, sondern wird immer lauter, so dass ich die Herkunft auch deutlich deuten kann. Es kommt aus dem Doppelzimmer in dem Christel lebt.

Ich mache mich auf in Richtung des genannten Zimmers und sehe ein grelles Flimmern unter der Tür, was die Situation noch seltsamer macht. Ich klopfe an die Tür, vernehme jedoch außer den schwer zuzuordnenden Geräuschen keine weitere Reaktion.

Ich schalte das Licht auf dem Flur an und öffne unter lautem knarzen die Zimmertür.... Zumindest meine ich mich so daran zu erinnern. Im Zimmer läuft lautstark der Fernseher. Christel hockt in einer unnatürlichen Stellung auf dem Bett und schreit mir entgegen, **„Martin ich habe auf Dich gewartet“.** Durch das von dem Flur eindringende Licht kann ich die Situation nicht richtig deuten. Die „gruselige“ Musik im Fernseher und die auf dem Bett hockende Christel macht die Situation doch sehr unnatürlich. Spontan muss ich an die Szene im Film „Der Exorzismus von Emily Rose“ denken. Als Christel plötzlich laut losschreit, zucke ich zusammen. Mein Herz fängt an zu rasen. Erst ist es nicht rauszuhören, was Christel sagen will, da es einfach nur ein lauter zorniger Schrei ist. Langsam entstehen aus dem Schrei auch Worte, so dass es langsam deutlicher wird. In völliger Wut schreit sie: **„Bist du endlich still.“** Es reicht mir, ich mache das Licht an, wodurch die Situation doch schon viel klarer ist und sich mein „Kopfkino“ auflöst. Christel sitzt mit erhobener Faust auf ihrem Bett und fuchtelt in

Richtung ihrer dementen Mitbewohnerin, die leise wirres Zeug vor sich hin erzählt.

Es zeigte sich schnellt, dass Christel einfach nur sauer über ihre Mitbewohnerin ist, die sie scheinbar beim abendlichen Fernsehprogramm stört.

Aus diesem Grund Schrie Christel in regelmäßigen Abständen und machte immer mal wieder den Fernseher leiser oder lauter.

Für Sie selber war es also ein ganz normaler Abend, für mich hingegen war es mit Christel eine Nacht des Grauens.

# Gruselige Fakten

## DER ÄLTESTE MENSCH

Stell Dir vor, du bist der älteste Mensch auf der Welt, was definitiv seine Schattenseiten hat.

Denn Wenn du so lange lebst, dass du irgendwann der älteste Mensch auf der Erde bist, dann wurde die gesamte Weltbevölkerung während deines Lebens einmal komplett ausgetauscht.

Somit ist keiner mehr da, mit dem du dein Leben begonnen hast.

DEC
31
Kalender

# JANUAR 2024

| DAT | TAG | NOTIZ |
|---|---|---|
| 01.01. | MO | NEUJAHR |
| 02.01. | DI | |
| 03.01. | MI | |
| 04.01. | DO | |
| 05.01. | FR | |
| 06.01. | SA | HEILIGE DREI KÖNIGE (BADEN-WÜRTTEMBERG, BAYERN UND SACHSEN-ANHALT) |
| 07.01. | SO | |
| 08.01. | MO | |
| 09.01. | DI | |
| 10.01. | MI | |
| 11.01. | DO | |
| 12.01. | FR | |
| 13.01. | SA | |
| 14.01. | SO | |
| 15.01. | MO | |
| 16.01. | DI | |
| 17.01. | MI | |
| 18.01. | DO | |
| 19.01. | FR | |
| 20.01. | SA | |
| 21.01. | SO | |
| 22.01. | MO | |
| 23.01. | DI | |
| 24.01. | MI | |
| 25.01. | DO | |
| 26.01. | FR | |
| 27.01. | SA | |
| 28.01. | SO | |
| 29.01. | MO | |
| 30.01. | DI | |
| 31.01. | MI | |

# FEBRUAR 2024

| DAT | TAG | NOTIZ |
|---|---|---|
| 01.02. | DO | |
| 02.02. | FR | |
| 03.02. | SA | |
| 04.02. | SO | |
| 05.02. | MO | |
| 06.02. | DI | |
| 07.02. | MI | |
| 08.02. | DO | |
| 09.02. | FR | |
| 10.02. | SA | |
| 11.02. | SO | |
| 12.02. | MO | |
| 13.02. | DI | |
| 14.02. | MI | |
| 15.02. | DO | |
| 16.02. | FR | |
| 17.02. | SA | |
| 18.02. | SO | |
| 19.02. | MO | |
| 20.02. | DI | |
| 21.02. | MI | |
| 22.02. | DO | |
| 23.02. | FR | |
| 24.02. | SA | |
| 25.02. | SO | |
| 26.02. | MO | |
| 27.02. | DI | |
| 28.02. | MI | |

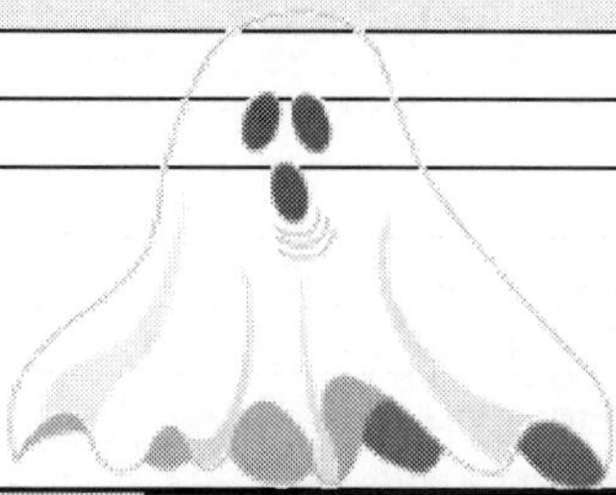

# MÄRZ 2024

| DAT | TAG | NOTIZ |
|---|---|---|
| 01.03. | FR | |
| 02.03. | SA | |
| 03.03. | SO | |
| 04.03. | MO | |
| 05.03. | DI | |
| 06.03. | MI | |
| 07.03. | DO | |
| 08.03. | FR | INTERNATIONALER FRAUENTAG (BERLIN & MECKLENBURP VORPOMMERN) |
| 09.03. | SA | |
| 10.03. | SO | |
| 11.03. | MO | |
| 12.03. | DI | |
| 13.03. | MI | |
| 14.03. | DO | |
| 15.03. | FR | |
| 16.03. | SA | |
| 17.03. | SO | |
| 18.03. | MO | |
| 19.03. | DI | |
| 20.03. | MI | |
| 21.03. | DO | |
| 22.03. | FR | |
| 23.03. | SA | |
| 24.03. | SO | |
| 25.03. | MO | |
| 26.03. | DI | |
| 27.03. | MI | |
| 28.03. | DO | |
| 29.03. | FR | KARFREITAG |
| 30.03. | SA | |
| 31.03. | SO | OSTERSONNTAG (BRANDENBURG) |

# APRIL 2024

| DAT | TAG | NOTIZ |
|---|---|---|
| 01.04. | MO | OSTERSONNTAG |
| 02.04. | DI | |
| 03.04. | MI | |
| 04.04. | DO | |
| 05.04. | FR | |
| 06.04. | SA | |
| 07.04. | SO | |
| 08.04. | MO | |
| 09.04. | DI | |
| 10.04. | MI | |
| 11.04. | DO | |
| 12.04. | FR | |
| 13.04. | SA | |
| 14.04. | SO | |
| 15.04. | MO | |
| 16.04. | DI | |
| 17.04. | MI | |
| 18.04. | DO | |
| 19.04. | FR | |
| 20.04. | SA | |
| 21.04. | SO | |
| 22.04. | MO | |
| 23.04. | DI | |
| 24.04. | MI | |
| 25.04. | DO | |
| 26.04. | FR | |
| 27.04. | SA | |
| 28.04. | SO | |
| 29.04. | MO | |
| 30.04. | DI | |

# MAI 2024

| DAT | TAG | NOTIZ |
|---|---|---|
| 01.05. | MI | TAG DER ARBEIT |
| 02.05. | DO | |
| 03.05. | FR | |
| 04.05. | SA | |
| 05.05. | SO | |
| 06.05. | MO | |
| 07.05. | DI | |
| 08.05. | MI | |
| 09.05. | DO | CHRISTI HIMMELFAHRT |
| 10.05. | FR | |
| 11.05. | SA | |
| 12.05. | SO | |
| 13.05. | MO | |
| 14.05. | DI | |
| 15.05. | MI | |
| 16.05. | DO | |
| 17.05. | FR | |
| 18.05. | SA | |
| 19.05. | SO | PFINGSTSONNTAG |
| 20.05. | MO | PFINGSTMONTAG |
| 21.05. | DI | |
| 22.05. | MI | |
| 23.05. | DO | |
| 24.05. | FR | |
| 25.05. | SA | |
| 26.05. | SO | |
| 27.05. | MO | |
| 28.05. | DI | |
| 29.05. | MI | |
| 30.05. | DO | FRONLEICHNAM (Baden-Württemberg, Bayern, Hessen, Nordrhein-Westfalen, Rheinland-Pfalz und Saarland) |
| 31.05. | FR | |

# JUNI 2024

| DAT | TAG | NOTIZ |
|---|---|---|
| 01.06. | SA | |
| 02.06. | SO | |
| 03.06. | MO | |
| 04.06. | DI | |
| 05.06. | MI | |
| 06.06. | DO | |
| 07.06. | FR | |
| 08.06. | SA | |
| 09.06. | SO | |
| 10.06. | MO | |
| 11.06. | DI | |
| 12.06. | MI | |
| 13.06. | DO | |
| 14.06. | FR | |
| 15.06. | SA | |
| 16.06. | SO | |
| 17.06. | MO | |
| 18.06. | DI | |
| 19.06. | MI | |
| 20.06. | DO | |
| 21.06. | FR | |
| 22.06. | SA | |
| 23.06. | SO | |
| 24.06. | MO | |
| 25.06. | DI | |
| 26.06. | MI | |
| 27.06. | DO | |
| 28.06. | FR | |
| 29.06. | SA | |
| 30.06. | SO | |

# JULI 2024

| DAT | TAG | NOTIZ |
|---|---|---|
| 01.07. | MO | |
| 02.07. | DI | |
| 03.07. | MI | |
| 04.07. | DO | |
| 05.07. | FR | |
| 06.07. | SA | |
| 07.07. | SO | |
| 08.07. | MO | |
| 09.07. | DI | |
| 10.07. | MI | |
| 11.07. | DO | |
| 12.07. | FR | |
| 13.07. | SA | |
| 14.07. | SO | |
| 15.07. | MO | |
| 16.07. | DI | |
| 17.07. | MI | |
| 18.07. | DO | |
| 19.07. | FR | |
| 20.07. | SA | |
| 21.07. | SO | |
| 22.07. | MO | |
| 23.07. | DI | |
| 24.07. | MI | |
| 25.07. | DO | |
| 26.07. | FR | |
| 27.07. | SA | |
| 28.07. | SO | |
| 29.07. | MO | |
| 30.07. | DI | |
| 31.07. | MI | |

ANGABEN ONHE GEWÄHR

# AUGUST 2024

| DAT | TAG | NOTIZ |
|---|---|---|
| 01.08. | DO | |
| 02.08. | FR | |
| 03.08. | SA | |
| 04.08. | SO | |
| 05.08. | MO | |
| 06.08. | DI | |
| 07.08. | MI | |
| 08.08. | DO | AUGSBURGER FRIEDENSFEST (NUR IN BAYERN) |
| 09.08. | FR | |
| 10.08. | SA | |
| 11.08. | SO | |
| 12.08. | MO | |
| 13.08. | DI | |
| 14.08. | MI | |
| 15.08. | DO | MARIA HIMMELFAHRT (BAYERN UND SAARLAND) |
| 16.08. | FR | |
| 17.08. | SA | |
| 18.08. | SO | |
| 19.08. | MO | |
| 20.08. | DI | |
| 21.08. | MI | |
| 22.08. | DO | |
| 23.08. | FR | |
| 24.08. | SA | |
| 25.08. | SO | |
| 26.08. | MO | |
| 27.08. | DI | |
| 28.08. | MI | |
| 29.08. | DO | |
| 30.08. | FR | |
| 31.08. | SA | |

ANGABEN ONHE GEWÄHR

# SEPTEMBER 2024

| DAT | TAG | NOTIZ |
|---|---|---|
| 01.09. | SO | |
| 02.09. | MO | |
| 03.09. | DI | |
| 04.09. | MI | |
| 05.09. | DO | |
| 06.09. | FR | |
| 07.09. | SA | |
| 08.09. | SO | |
| 09.09. | MO | |
| 10.09. | DI | |
| 11.09. | MI | |
| 12.09. | DO | |
| 13.09. | FR | |
| 14.09. | SA | |
| 15.09. | SO | |
| 16.09. | MO | |
| 17.09. | DI | |
| 18.09. | MI | |
| 19.09. | DO | |
| 20.09. | FR | WELTKINDERTAG (NUR IN THÜRINGEN) |
| 21.09. | SA | |
| 22.09. | SO | |
| 23.09. | MO | |
| 24.09. | DI | |
| 25.09. | MI | |
| 26.09. | DO | |
| 27.09. | FR | |
| 28.09. | SA | |
| 29.09. | SO | |
| 30.09. | MO | |

ANGABEN ONHE GEWÄHR

# OKTOBER 2024

| DAT | TAG | NOTIZ |
|---|---|---|
| 01.10. | DI | |
| 02.10. | MI | |
| 03.10. | DO | TAG DER DEUTSCHEN EINHEIT |
| 04.10. | FR | |
| 05.10. | SA | |
| 06.10. | SO | |
| 07.10. | MO | |
| 08.10. | DI | |
| 09.10. | MI | |
| 10.10. | DO | |
| 11.10. | FR | |
| 12.10. | SA | |
| 13.10. | SO | |
| 14.10. | MO | |
| 15.10. | DI | |
| 16.10. | MI | |
| 17.10. | DO | |
| 18.10. | FR | |
| 19.10. | SA | |
| 20.10. | SO | |
| 21.10. | MO | |
| 22.10. | DI | |
| 23.10. | MI | |
| 24.10. | DO | |
| 25.10. | FR | |
| 26.10. | SA | |
| 27.10. | SO | |
| 28.10. | MO | |
| 29.10. | DI | |
| 30.10. | MI | |
| 31.10. | DO | REFORMATIONSTAG |

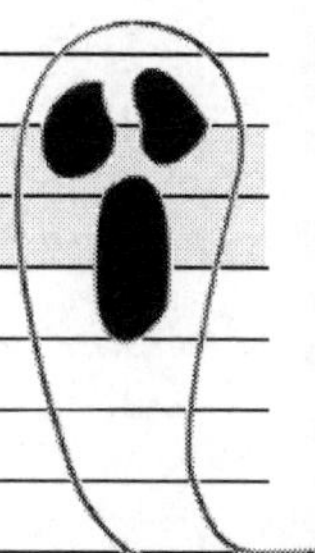

ANGABEN ONHE GEWÄHR

# NOVEMBER 2024

| DAT | TAG | NOTIZ |
|---|---|---|
| 01.11. | FR | Allerheiligen (Baden-Württemberg, Bayern, Nordrhein-Westfalen, Rheinland-Pfalz, Saarland) |
| 02.11. | SA | |
| 03.11. | SO | |
| 04.11. | MO | |
| 05.11. | DI | |
| 06.11. | MI | |
| 07.11. | DO | |
| 08.11. | FR | |
| 09.11. | SA | |
| 10.11. | SO | |
| 11.11. | MO | |
| 12.11. | DI | |
| 13.11. | MI | |
| 14.11. | DO | |
| 15.11. | FR | |
| 16.11. | SA | |
| 17.11. | SO | |
| 18.11. | MO | |
| 19.11. | DI | |
| 20.11. | MI | BUß- UND BETTAG (NUR IN SACHSEN) |
| 21.11. | DO | |
| 22.11. | FR | |
| 23.11. | SA | |
| 24.11. | SO | |
| 25.11. | MO | |
| 26.11. | DI | |
| 27.11. | MI | |
| 28.11. | DO | |
| 29.11. | FR | |
| 30.11. | SA | |

ANGABEN ONHE GEWÄHR

# DEZEMBER 2024

| DAT | TAG | NOTIZ |
|---|---|---|
| 01.12. | SO | |
| 02.12. | MO | |
| 03.12. | DI | |
| 04.12. | MI | |
| 05.12. | DO | |
| 06.12. | FR | |
| 07.12. | SA | |
| 08.12. | SO | |
| 09.12. | MO | |
| 10.12. | DI | |
| 11.12. | MI | |
| 12.12. | DO | |
| 13.12. | FR | |
| 14.12. | SA | |
| 15.12. | SO | |
| 16.12. | MO | |
| 17.12. | DI | |
| 18.12. | MI | |
| 19.12. | DO | |
| 20.12. | FR | |
| 21.12. | SA | |
| 22.12. | SO | |
| 23.12. | MO | |
| 24.12. | DI | |
| 25.12. | MI | 1. WEIHNACHTSTAG |
| 26.12. | DO | 2. WEIHNACHTSTAG |
| 27.12. | FR | |
| 28.12. | SA | |
| 29.12. | SO | |
| 30.12. | MO | |
| 31.12. | DI | |

ANGABEN ONHE GEWÄHR

## Ein Winken zum Abschied

(stationäre Altenpflege – Ninette)

Vor 20 Jahren alleine im Nachtdienst einer alten Villa.
Es klingelt. Ich ins Zimmer und sehe den Bewohner an der Bettkante sitzen und er atmet schnell. Im gleichen Moment zeigt dieser auf sein Herz.

Ich wollte Blutdruck und Puls messen doch höre und fühle nichts, rein gar nichts.

Also habe ich die Rettung gerufen und alles geschildert. Am Telefon meinte man zu mir, ich hätte eine Angstmacke. Am Ende waren sie dann aber doch recht schnell da und haben auch kein Puls und Blutdruck gefunden. Im Ergebnis haben sie dann ebenso doof geschaut wie ich.

Der Bewohner wurde dann mitgenommen und kam auf die Intensiv.

Am übernächsten Tag hatte ich Frühdienst und saß mit einer Kollegin im Flur, wo eine alte Standuhr stand. Wir waren gerade beim Frühstück, als die Uhr 12-mal schlug.

Ich schaute verwundert zu meiner Kollegin, als ich hinter ihr den besagten Bewohner im Krankenhausnachthemd sah. Er winkte mir lächelnd zu. Drei Minuten später klingelte das Telefon und mir wurde mitgeteilt, dass der Herr verstorben war.

## Der böse Mann
(stationäre Altenpflege – Mellissa)

Ich dachte immer, dass die gruseligsten Geschichten im Nachdienst passieren, ist aber gar nicht so.

Folgende Geschichte hat sich bei mir im Tagdienst ereignet:

Ich hatte Spätdienst und war gerade beim letzten Bettenrundgang. Plötzlich überraschte mich eine Bewohnerin hinter mir und sagte zu mir:

***„Hinter Dir steht jemand."***

Die Bewohnerin zeigte dahin, wo ihrer Meinung nach jemand steht.

Ich drehte mich um, dort war aber nichts zu sehen.

Ich fragte sie, ob es denn eine nette Person sei oder jemanden den sie kennt.

Daraufhin sagte sie:

***„Nein, der ist böse, sehr böse, pass auf dich auf mein Kind."***

Die Frau verstarb leider auch 4 Wochen später.

Aber das geht mir nicht mehr aus dem Kopf.

## Die Umkleide des Schreckens

(2002 - Krankenhaus – Martin)

Es muss im Jahr 2002 gewesen sein. Es war der erste Tag nach den praktischen Einsätzen, wo meine Klassenkameraden und ich uns wieder gesehen haben und jeder von seinen Erlebnissen aus dem Krankenhaus berichtet hat. An viele Geschichten der Anderen kann ich mich heute schon gar nicht mehr erinnern, doch ein Bericht aus der Praxis ist mir sehr genau in Erinnerung geblieben.

**So erzählte Carolin folgende Geschichte:**

Es ist morgens 5:20 Uhr, als ich die noch leeren Gänge des doch schon ziemlich in die Jahre gekommenen Krankenhauses betrete. Die Flure sind so früh noch leicht abgedunkelt. Außerhalb der Gemäuer ist gerade ein Unwetter am Abklingen, was aber noch immer ausreichend Kraft hat, so dass man die gegen die Fenster prasselnden Regentropfen deutlich wahrnehmen kann. Nach einigen Treppen und langen Fluren komme ich endlich auf meiner Station an, wo die Nachtschwester in schnellen Schritt an mir vorbeigeht, mir ein kurzes „Guten Morgen“ entgegenwirft und mir noch schnell sagt: **„Frau Hansen ist heute Nacht verstorben.“** Weiter höre ich nur noch, dass sie irgendwas über die Umkleide gesagt hat, was ich aber schon nicht mehr verstanden habe, da diese schon um die Ecke des Flures verschwunden war. Ich denke mir nichts weiter und gehe

Richtung Schülerumkleide, welche auch als Mehrzweckraum genutzt wird.

Als ich die Tür öffne, schaue ich in einen dunklen Raum, in Mitten dessen ein Bett steht, wo unverkennbar ein Körper drunter liegt. Ich schließe ganz erschrocken wieder die Tür und muss erst einmal durchatmen. Mir ist durchaus bekannt, dass die Umkleide als Mehrzweckraum und manchmal auch dafür genutzt wird, um verstorbene Patienten aus Doppelzimmern erst einmal auf Station zwischenlagern zu können, doch gerechnet habe ich damit nicht. Nach zwei bis drei Minuten nehme ich meinen Mut zusammen und öffne noch einmal die Tür, um zumindest schnell meine Sachen aus dem Umkleideschrank holen zu können. Wieder fällt mein Blick sofort auf das Bett und ich denke so bei mir, da hat sich doch gerade was bewegt. Schnell höre ich aber eine innere Stimme zu mir sagen: **„Das bildest du Dir nur ein“**. Also mache ich den ersten Schritt in den dunklen Raum.

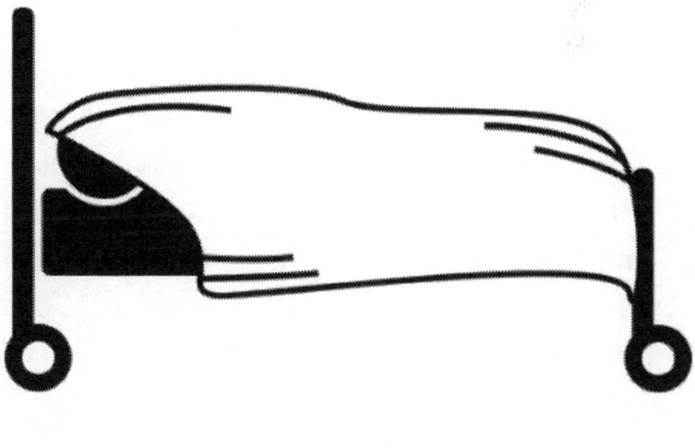

Der automatische Türschließer sorgt dafür, dass unmittelbar nachdem ich zwischen der Leiche und dem Kleiderschrank mitten im Raum stehe die Tür ins Schloss fällt. Der durch das Fenster scheinende Mond hat zur Folge, dass ich zumindest noch die Umrisse im Raum erkennen kann. **„Da raschelt doch was“**, denke ich so bei mir. Gleichzeitig mahnt mich wieder meine innere Stimme.

Schnell öffne ich die Schanktür, um mir mein Kasack aus dem Schrank zu holen. Im gleichen Moment höre ich ein deutliches Seufzen hinter mir und ich weiß, dass dies die Realität und keine Einbildung war. Mein Herz klopft mir ganz plötzlich bis zum Hals und ich habe das Gefühl, mich kein Stück bewegen zu können. Auf einmal höre ich ein deutliches Knacken des Bettes. **„Das kann nicht sein“**, schreit es in mir hinein. Gleichzeitig steigt eine undefinierbare Panik in mir auf und wie ferngesteuert drehe ich mich in einem Ruck um, ohne zu erwarten, dass mich gleich der Schock meines Lebens erwartet.

Das Unwetter draußen ist stärker geworden und somit auch der Geräuschpegel in Folge der Regentropfen, die gegen die Fenster hämmern. Nach einer gefühlten Ewigkeit, habe ich mich um 180 Grad gedreht und blicke auf das Bett. Im gleichen Zuge sehe ich, wie sich eine Gestalt unter der Bettdecke aufbäumt. Ich will schreien, wegrennen, doch bekomme weder einen Laut aus dem Hals, noch bewege ich mich auch nur einen Zentimeter. Ich stehe wie angewurzelt an der Stelle.

Aufgrund der Dunkelheit im Raum kann ich die Umrisse der Gestalt gut erkennen, aber keine Details wahrnehmen. Die Gestalt dreht sich mit dem Oberkörper auf mich zu. Ich habe das Gefühl in Ohnmacht zu fallen. Im gleichen Moment vernehme ich eine Frauenstimme. Ich kann die Worte erst gar nicht richtig deuten und muss mich sammeln. Nach einiger Zeit finde ich wieder meine Fassung und kann dem Gesprochenen auch einen Sinn zuordnen. Es war ein freundliches **„Guten Morgen."**

Im gleichen Moment sprang die Tür auf und ein heller Lichtkegel bahnte sich den Weg in den Raum. Die Nachtschwester stand vor mir und rüttelte an mir, woraufhin ich langsam wieder zu Wort kam und zu der Dame im Bett sagte: **„Ich denke Sie sind tot."**

Zehn Minuten später fand ich mich in der Übergabe wieder.

Meine Blässe ist wieder einer gesunden Gesichtsfarbe gewichen. Es stellte sich heraus, dass über Nacht eine schwer adipöse Patientin im Doppelzimmer verstorben ist und die Nachtschwester nicht alleine das schwere Bett über den Flur schieben wollte. Somit hatte sich diese dafür entschieden, die Mitpatientin aus dem Zimmer zu holen und mit ihrem Bett in die Umkleide der Auszubildenden bzw. den Mehrzweckraum zu schieben.

# Gruselige Fakten

## TÖDLICHER TRAUM

Bestimmt bist du in der Nacht schon mal aufgewacht, nachdem du geträumt hast, dass Du im Traum gestorben bist. Entweder bist du in ein tiefes Loch gefallen, von jemanden angegriffen worden oder hattest einen Unfall.

Glücklicherweise wacht man in den meisten Fällen wieder auf. Es soll jedoch in ganz seltenen Fällen so sein, dass das Gehirn denkt, dass man wirklich gestorben ist und dieses in Folge dessen seine Funktion einstellt und man wirklich stirbt.

## Fahrstuhl von Geisteshand gesteuert

(stationäre Altenpflege – Martina)

Ich arbeitete mal auf einer Station, die über 4 Etagen ging (EG bis 3.Stock). Der Aufenthaltsbereich für die Pflegekräfte war im 1.Stock.

Nachts fuhr der Fahrstuhl immer automatisch in den Keller, also wenn er längere Zeit nicht benutzt wurde. Zudem durfte der Aufzug vom Nachtdienst in der Nacht nicht benutzt werden.

Eines Nachts, als ich im Aufenthaltsraum war, kam der Fahrstuhl auf meine Etage gefahren, wo plötzlich die Fahrstuhltür im 1. Stock aufgegangen ist. Ich ging hin und schaute, aber es kam keiner raus. Die Tür ging wieder zu und der Fahlstuhl fuhr weiter.

Kurze Zeit später ging wieder im 1.Stock die Tür auf und wieder war keiner drinnen. Also bin ich in die anderen Etagen gegangen, um zu sehen, welcher Bewohner da wohl mit dem Fahrstuhl "spielt".

**Kein Bewohner zu sehen!!!**

Der Fahrstuhl aber fuhr weiter und ich hab dann bemerkt, dass er immer im 1. und 3. Stock auf und zu ging. Beim zweiten Durchgang bemerkte ich dann, dass im 3. Stock ein Bewohner verstorben war (lag vorher nicht im Sterben).

Es war, als wollte er auf sich aufmerksam machen, so zumindest mein Gefühl.

## Klaviermusik im Nachtdienst

(stationäre Pflege im Krankenhaus – Sonja)

Ich habe eigentlich noch nie was Komisches erlebt und habe auch keine Angst nachts alleine auf Station, dass ich mir da was einbilden würde oder so.

Einmal aber habe ich meinen Nachtdurchgang gemacht und gegen 2 Uhr vielleicht, weiß nicht mehr wie spät es genau war, habe ich auf einmal ein Klavier spielen gehört. Das war aber so perfekt gespielt und so weit weg vom Klang, dass ich dachte, einer der Patienten schaut noch Fern oder es kommt von der Geriatrie über mir. Habe es also nur beiläufig wahrgenommen und nicht weiter drüber nachgedacht.

Circa zwei bis drei Stunden später wollte eine Kollegin der anderen Station ihren Patienten wieder bei uns aus dem Schlaflabor abholen. Sie kommt auf mich zu und fragt mich ganz verwundert, wieso die Tür vom Andachtsraum (vor der Station) offen sei. Dazu muss ich sagen, dass die Tür vorher definitiv zu war. Als ich sie daraufhin mit offenen Mund anstarrte, fragte sie was los sei und dann mussten wir beide erstmal nachschauen gehen.

Alle meine Patienten waren vorher in der Runde in den Zimmern. Also habe ich auf der Geriatrie angerufen und gefragt, ob denen vielleicht ein dementer Patient fehlt oder oben jemand am Klavier gespielt hat. Im ganzen Haus war alles okay, kein Patient fehlte oder so. Ich weiß bis heute nicht was es war. Auf jeden Fall hatten ich und meine Kollegin unabhängig voneinander etwas gemerkt.

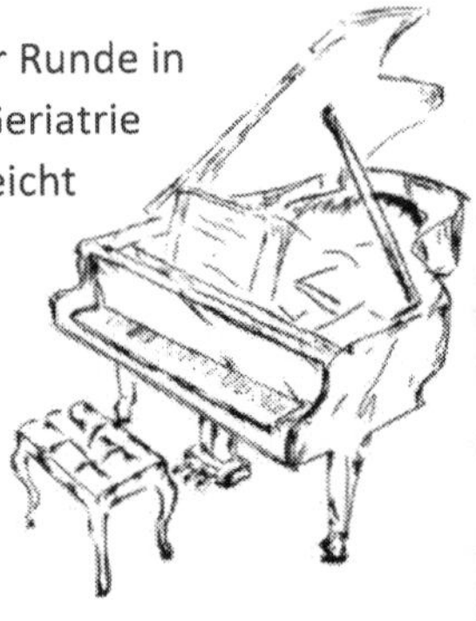

## Der Teufel im Spiegel

(stationäre Altenpflege – Bibi - 2014)

Ich war gerade im 2. Ausbildungsjahr und habe meinen ersten Nachtdienst gehabt. Ich war jedoch nicht alleine, sondern hatte noch eine zweite Kollegin an der Seite.

Ich empfand die nächtlichen Rundgänge eh schon etwas gruselig. Dies lag an den vielen ungewohnten Geräuschen und Schatten.

In dieser Nacht schellte eine Dame. Ich ging zu ihr.

Als ich das Zimmer betrete, sitzt sie in ihrem Bett und meinte, **dass diese Teufelsfratze aufhören soll, sie so anzustarren**.

Ich fragte sie, wo diese denn wäre. Wie selbstverständlich zeigte die Dame auf dem Spiegel, der direkt an der Tür hing.

Ich versuchte sie abzulenken, legte sie wieder hin und ging wieder ins Dienstzimmer.

In der gleichen Nacht schellte die Dame noch mehrmals und berichtete immer Neues, was diese Teufelsfratze im Spiegel veranstaltet.

Ich kann mich noch genau daran erinnern, welche Angst ich beim Betreten des Zimmers hatte und mich nicht gewagt habe, in diesen Spiegel zu schauen.

Das werde ich nie vergessen.

# Gruselige Fakten

## HERZVERSAGEN

Viele Ärzte behaupten, dass an einem Montag das Risiko höher ist an einem Herzinfarkt zu sterben, als an anderen Tagen in der Woche.

## DER SEE VOLLER SPUCKE

Der Mensch erzeugt am Tag zwischen 1,5 und 2,5 Liter Spucke. Auf das Ganze leben gerechnet reicht das wohl völlig, um den einen oder anderen See damit füllen zu können.

## Scream

(stationäre Altenpflege – Ursula die Nachthexe - 2019)

Ich arbeite seit über 20 Jahren im Nachtdienst. 25 Jahre Fachkraft, da erlebt man Einiges.

Ich liebe Horrorfilme, ich schaue sie wirklich gerne, aber am Liebsten am Tage, wenn es hell ist, denn sonst werden die Filme mal ganz schnell wahr und das gerne auch in einer Vollmondnacht, denn da herrschen andere Gesetze.

Es waren die Nächte, die ich so sehr liebte. Wir sind zu zweit für drei Etagen. Da meine Kollegin Urlaub hatte, übernahm ein junger Kollege ihren Dienst auf der obersten Etage.

Ich bin jemand, der gerne auf den Fluren Licht an hat in der Nacht, zum Schutze unserer Klienten - Sturzprophylaxe natürlich, denn es muss ja keiner wissen, dass ich Angst im Dunkeln habe.

Der junge Mann, natürlich angstfrei, hatte im Flur vorbildlich in Form des Sparens, die Notbeleuchtung angeschaltet. Ich ging während er eine Raucherpause machte, auf seinen Bereich, um etwas im Dienstzimmer nachzulesen. Während ich am PC saß und die Türe offen hatte, hörte ich merkwürdige Geräusche, die ich nicht zuordnen konnte. Es war ein Schleifen und Stöhnen.

Mein Puls war sofort auf 360 und die Knie zitterten. Die Geräusche wurden immer lauter. Ich ging auf den Flur und flüsterte leise und ganz klischeehaft

**„Hallooooo“ ????**

Ich muss dazu sagen, ich bin kurzsichtig und trage auf Arbeit keine Brille, da meine Patienten diese schon vermehrt zerbrochen hatten. Naja in weiter Ferne eine Aufstehhilfe zu grüßen, ist ja auch etwas. 😁

Ich traute mich vor lauter Angst kaum den mit vielen entlegenen Winkeln Flur langzugehen und drehte mich etwas nach rechts. Da sah ich auf dem Boden in weiter Ferne eine Gestalt mit wirren Haaren auf mich zu (sorry) krabbeln.

Ich musste mich entscheiden, ob ich die Kontrolle über meine Harnblase oder Stimme verliere. Ich entschied mich für das letztere und es rutschte mir ein lauter Schrei heraus. Das Wesen circa noch 10 Meter entfernt. Ich hielt inne und atmete gefühlt sekundenlang aus.

Mein Kollege, der meinen Schrei hörte, kam heran geeilt und stoppte augenblicklich, als er das Wesen auf dem Boden erblickte. Der erste Griff seiner jugendlichen Tat war das Licht anzuschalten. Wir erblicken eine Dame, von der wir monatelang angenommen hatten, dass sie ihre Gliedmaßen nicht bewegen konnte, auf dem Boden. Sie hatte sich mit den Händen fortbewegt. Sie grinste uns an und sagte in einem gebrochenen deutsch, dass sie doch jetzt gerne nach Hause möchte und lachte uns an.

Den Rest der Nacht war ich definitiv nicht mehr müde.

## Bruni - Scheintod gibt es eben doch

(ambulante Altenpflege – Schildi - 2015)

Eine Patientin im ambulanten Dienst wurde von uns viermal täglich versorgt. Leider lag sie nur noch im Bett. Sie hatte starke Demenz und es wurde immer schwerer einzuschätzen, was richtig oder was falsch ist und wie lange das so noch gut geht.

An diesem Tag hatte ich die Patientin zur morgendlichen Grundpflege mit Hilfsmitteln aus dem Bett mobilisieren können, so dass sie sich mal wieder am Waschbecken waschen konnte.

Sie war überglücklich 😁. An diesem Tag konnte sie sogar mal wieder am Tisch frühstücken... Ich nehme mir die Zeit, die sie benötigte und machte auch keinen Stress. Wir erzählten und machten alles nach und nach...

Aufgrund der Demenz, war das Themenfeld sehr begrenzt und sie erzählte viel von ihrer Familie und wie es ihr früher ergangen war, wie sehr sie ihre Tochter liebte und das sie eine glückliche Ehe hatte.

Nach dem Frühstück war sie dann schon müde und ich fragte sie, ob sie sich wieder ins Bett legen möchte. Ihre Antwort war **„ja“**. Gesagt getan, denn so alleine sitzen lassen wollte ich sie auch nicht, weil im ambulanten Dienst ist man ja nicht immer vor Ort. Bevor was passiert, dachte ich, lege ich sie lieber hin.

Sie lag also sicher im Bett und schnatterte noch ein paar Minuten, währenddessen ich aufräumte. Ich verabschiedete mich mit den Worten: **„Ruh dich ein bissel aus, ich komme zum Mittag wieder und bring dir was Gutes mit“.**

Sie winkte noch und fing an ein Lied zu singen. Ich fahre also meine Tour mit guten Gewissen weiter, heute wieder etwas mehr Lebensfreude verteilt zu haben und freute mich darüber, dass die Patientin mal wieder aus dem Bett wollte und dass das so gut geklappt hat.

Nach meiner Tour machte ich Pause, holte dann das Mittagessen und fuhr wieder zu der Patientin. Dort angekommen dachte ich, mich erwartet heute eine gut gelaunte und vielleicht bissel muntere Patientin.

Nein 👎, falsch gedacht.

Ich betrat die Wohnung, alles still!

Die Frau lag ganz flach im Bett. Ich stellte das Essen hin und trat langsam an das Bett heran. „Bruni", rief ich sie leise. „Bruni... Bruni", Meine Stimme wurde etwas lauter. Ich berührte sie mit meiner Hand an der Schulter...nix! Keine Reaktion, gar nix.

Ich dachte mir, oh nein, soll das heute Morgen das letzte Aufleben gewesen sein? Ich rannte zu meinem Dienstauto, holte Blutdruckmessgerät, Blutzuckermessgerät und Oximeter, eben alles was ich so brauchte. Ich rannte wieder hoch. Auf dem Weg hab ich meine PDL angerufen und gesagt, dass hier was nicht stimmt und sie gefragt, ob sie doch bitte vorbei kommen kann?

Sie blieb am Telefon, währenddessen ich alle Vitalwerte versuchte zu nehmen. Ich konnte aber nichts finden. Keines meiner Geräte hat angeschlagen. Der Puls war für mich nicht tastbar und sie hatte auch keine Atmung mehr.

Ich sah aber auch keine Todesanzeichen.

Ich konnte es einfach nicht wahrhaben. In dem Moment als ich grade den Arzt anrufen wollte, kam meine Pflegedienstleitung. Sie versuchte es ebenfalls mit den Vitalzeichen, hatte aber ebenso keine Chance.

Wir schauten uns nur traurig an.

Der Hausarzt von Bruni war zeitgleich ihr Schwiegersohn, den haben wir auch informiert. Dieser kam gleich mit Ehefrau und Tochter in die Wohnung unserer Bruni.

Alle standen wir nun um ihr Bett herum. Der Schwiegersohn wollte grade anfangen auf Todeszeichen zu untersuchen.

Plötzlich machte Bruni die Augen auf und sagte:

**„Das ist aber schön, dass ihr alle da seid. Ich wollte nur mal sehen, wer alles kommt!!!“**

Ich wie vom Donner getroffen. Mir liefen die Tränen übers Gesicht. Alle haben sich in den Arm genommen und waren froh, dass es nicht so war, wie vermutet.

Der Doktor, Schiegersohn, sagte:

**„Scheintod gibt es eben doch.“**

# Gruselige Fakten

**UNSERE HAUT**

Unsere Haut erneuert sich regelmäßig, dabei verlieren wir bis zu 14 Gramm abgestorbene Hautschuppen am Tag.

Das sind im Jahr etwa 5 kg.

In einem Leben von 75 Jahren haben wir als etwa 400 kg Haut verloren und gleichzeitig erneuert.

# Poesie-
# seiten

## Poesieseite für mein/e Lieblingskollegen/In

Das bin ich

**Das auf dem Foto bin ich:**

Das ist mein Name:

____________________________

Der Bewohner / Kollege macht mir Angst:

____________________________

**Hier ist mir schon was Gruseliges passiert:**

Frühdienst ☐ Spätdienst ☐ Nachtdienst ☐

**Wir arbeiten zusammen seit:** ____________________

In der Nacht mache ich gerne:

__________________________________________

__________________________________________

__________________________________________

**Von den Chefs ist mir folgende/r unheimlich:**

__________________________________________

**Das beruhigt mich, wenn ich Angst habe:**

____________________________________

## Trifft zu / trifft nicht zu Das finde ich cool:

| | | |
|---|---|---|
| **Ich glaube an Geister** | ◯ trifft zu | ◯ trifft nicht zu |
| **Ich habe schon was sehr unheimliches auf Arbeit erlebt** | ◯ trifft zu | ◯ trifft nicht zu |
| **Im Nachtdienst macht es mir Spaß, anderen Angst zu machen** | ◯ trifft zu | ◯ trifft nicht zu |
| **Als Kind habe ich Gläserrücken gespielt** | ◯ trifft zu | ◯ trifft nicht zu |

Ich grusle mich vor:

______________________________

**Mein Lieblingshorrorfilm:**

______________________________

Meine größte Angst:

______________________________

**Meine heimliche Leidenschaft:**

______________________________

Ich wünsche Dir:

______________________________

______________________________

**Aufgeschrieben am:**

______________________________

## Poesieseite für mein/e Lieblingskollegen/In

Das bin ich

**Das auf dem Foto bin ich:**

Das ist mein Name:

______________________________

Der Bewohner / Kollege macht mir Angst:

______________________________

**Hier ist mir schon was Gruseliges passiert:**

Frühdienst ☐ Spätdienst ☐ Nachtdienst ☐

**Wir arbeiten zusammen seit:** ____________________

In der Nacht mache ich gerne:

____________________________________________

____________________________________________

____________________________________________

**Von den Chefs ist mir folgende/r unheimlich:**

____________________________________________

**Das beruhigt mich, wenn ich Angst habe:**

____________________________________

## Trifft zu / trifft nicht zu Das finde ich cool:

| | | |
|---|---|---|
| Ich glaube an Geister | ◯ trifft zu | ◯ trifft nicht zu |
| Ich habe schon was sehr unheimliches auf Arbeit erlebt | ◯ trifft zu | ◯ trifft nicht zu |
| Im Nachtdienst macht es mir Spaß, anderen Angst zu machen | ◯ trifft zu | ◯ trifft nicht zu |
| Als Kind habe ich Gläserrücken gespielt | ◯ trifft zu | ◯ trifft nicht zu |

## Ich grusle mich vor:

______________________________

## Mein Lieblingshorrorfilm:

______________________________

## Meine größte Angst:

______________________________

## Meine heimliche Leidenschaft:

______________________________

## Ich wünsche Dir:

______________________________

______________________________

## Aufgeschrieben am:

______________________________

## Poesieseite für mein/e Lieblingskollegen/In

**Das auf dem Foto bin ich:**

Das ist mein Name:

______________________

Der Bewohner / Kollege macht mir Angst:

______________________

Das bin ich

**Hier ist mir schon was Gruseliges passiert:**

Frühdienst ☐ Spätdienst ☐ Nachtdienst ☐

**Wir arbeiten zusammen seit:** ______________

In der Nacht mache ich gerne:

______________________________

______________________________

______________________________

**Von den Chefs ist mir folgende/r unheimlich:**

______________________________

**Das beruhigt mich, wenn ich Angst habe:**

______________________________

## Trifft zu / trifft nicht  zu Das finde ich cool:

| | | |
|---|---|---|
| Ich glaube an Geister | ◯ trifft zu | ◯ trifft nicht zu |
| Ich habe schon was sehr unheimliches auf Arbeit erlebt | ◯ trifft zu | ◯ trifft nicht zu |
| Im Nachtdienst macht es mir Spaß, anderen Angst zu machen | ◯ trifft zu | ◯ trifft nicht zu |
| Als Kind habe ich Gläserrücken gespielt | ◯ trifft zu | ◯ trifft nicht zu |

Ich grusle mich vor:

______________________________

## Mein Lieblingshorrorfilm:

______________________________

Meine größte Angst:

______________________________

## Meine heimliche Leidenschaft:

______________________________

Ich wünsche Dir:

______________________________

______________________________

## Aufgeschrieben am:

______________________________

## Poesieseite für mein/e Lieblingskollegen/In

Das bin ich

**Das auf dem Foto bin ich:**

Das ist mein Name:

Der Bewohner / Kollege macht mir Angst:

**Hier ist mir schon was Gruseliges passiert:**

Frühdienst ☐ Spätdienst ☐ Nachtdienst ☐

**Wir arbeiten zusammen seit:**

In der Nacht mache ich gerne:

**Von den Chefs ist mir folgende/r unheimlich:**

**Das beruhigt mich, wenn ich Angst habe:**

## Trifft zu / trifft nicht zu Das finde ich cool:

| | | |
|---|---|---|
| Ich glaube an Geister | ◯ trifft zu | ◯ trifft nicht zu |
| Ich habe schon was sehr unheimliches auf Arbeit erlebt | ◯ trifft zu | ◯ trifft nicht zu |
| Im Nachtdienst macht es mir Spaß, anderen Angst zu machen | ◯ trifft zu | ◯ trifft nicht zu |
| Als Kind habe ich Gläserrücken gespielt | ◯ trifft zu | ◯ trifft nicht zu |

Ich grusle mich vor:

______________________________

**Mein Lieblingshorrorfilm:**

______________________________

Meine größte Angst:

______________________________

**Meine heimliche Leidenschaft:**

______________________________

Ich wünsche Dir:

______________________________

______________________________

**Aufgeschrieben am:**

______________________________

## Die unheimliche Tür zum Kühlraum

**(Krankenhaus – Kati)**

Vor langer Zeit ist bei uns auf Station ein Patient verstorben. Nachdem der Großteil der Arbeit auf Station getan war, habe ich mit einer Kollegin den besagten Patienten in die Kühlkammer gefahren.

Als wir angekommen waren, mussten wir feststellen, dass da leider schon zwei Patienten lagen, sowie und ein Kinderbett mit Fehlgeburten.

Ich bin dann da rein gegangen und wollte alles zusammenschieben und unseren Patienten da rein tun. Während ich drin war, ging auf einmal die Tür zu.

Das war der Schreck meines Lebens.

Die Kollegin war es nicht. Wahrscheinlich war es vom Zugwind oder so zugegangen...

Ja, in der Kammer sind zwar Notfalldrücker, um wieder rauszukommen, jedoch ist der Schreck stark sitzen geblieben.

## Die Toten mit abgeschnittenen Köpfen

(stationäre Altenpflege – Fabi)

Ach, da gibt es einige gruselige Geschichten, die ich so erlebt habe, aber eine die mir immer in Erinnerung bleiben wird.

Eine fast 100 Jahre alte, stark demente Dame, welche eigentlich nur noch mit Rollstuhl mobil war, stand plötzlich in der Nacht hinter mir.

Sie packte mich an der Schulter und sagte:

***„Liebchen, du kannst doch nicht einfach an den ganzen toten Männern und an den Kindern mit abgeschnittenem Kopf vorbeilaufen.***

***Wieso hilfst du denn nicht?"***

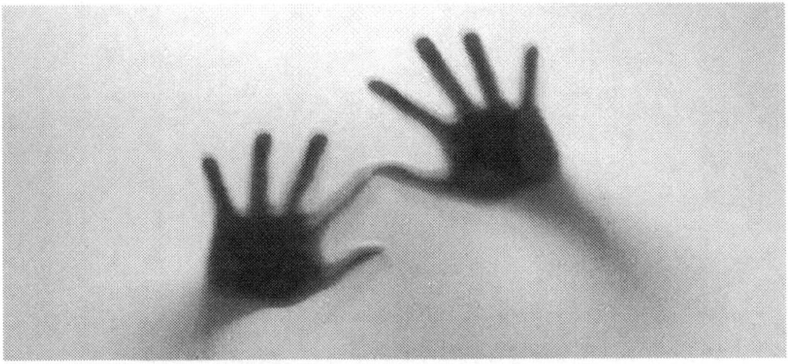

Mir ist das Herz in die Hose gerutscht.

Da wir in der Einrichtung alleine Nachtdienst hatten, hab ich einen Kollegen angerufen und ihn gebeten zu kommen 😱

## Das Licht im Zimmer

(stationäre Altenpflege – Aylin)

Eine Bewohnerin in unserem Haus ist tagsüber verstorben.

Wie es so üblich ist, wurde das Zimmer abgeschlossen, damit keiner an die Wertsachen kann.

Es war Sommer und wir haben uns zur Pause kurz nach draußen gesetzt, um etwas auszuruhen. Dabei haben wir über die Bewohnerin gesprochen und zu ihrem Zimmer geguckt. Das Zimmer war dunkel, doch auf einmal ging das Licht an.

Wir total verstört hoch auf den Wohnbereich, um zu schauen, ob nicht doch die Tür offen ist. War sie aber nicht, sie war noch immer abgeschlossen.

Also haben wir ängstlich die Zimmertür aufgeschlossen, war niemand drin. Der Kollege machte das Fenster auf, das Licht wieder aus und schloss die Tür wieder ab

Das war wirklich mega gruselig.

## In mein Zimmer sitzt ein Mann

(stationäre Altenpflege – Madeleine )

Ich werde das auch nie vergessen! Es war bei mir im Nachtdienst. Wir waren zu zweit.

Meine Kollegin auf dem Wohnbereich 1 und ich bin in den Wohnbereich 2.

Ich sagte noch so, na wenn der Bewohner „Meier" schläft, schaffe ich das alleine.

Dafür war eine andere Bewohnerin wach, saß im Gemeinschaftsraum und sagte mir:

***„Schwester ich kann nicht schlafen, bei mir ist ein Mann im Zimmer."***

Da habe ich gesagt:

***„Wir schauen mal zusammen nach, da kann keiner sein."***

Ich gehe mit ihr ins Zimmer. Sie hat so einen blauen Lichtstecker, der ein leichtes Licht wirft.

Da habe ich es dann auch gesehen, dass da ein Mann im Zimmer war.

Der Stande auf einmal auf und brummte los.

Das war der Bewohner, wo ich dachte, er schläft! Ich habe so laut geschrien und die Bewohnerin mit raus gezerrt.

Als ich das Brummen hörte wusste ich, alles klar es ist Herr Meier.

Meine Kollegin kam hoch und meine Bewohnerin hat gelacht.

## Das unheimliche Klopfen

(stationäre Altenpflege – Marlies0)

Ich bin um 3:00 Uhr nachts zu einer Bewohnerin ins Zimmer, um sie zu lagern.

Sie war allein im Zimmer.

Ich hörte aber ein Klopfen, die Bewohnerin war es nicht! Sie konnte sich nicht mehr bewegen und ich suchte, wo das Geräusch herkam. Das Klopfen wurde dann immer schneller und lauter.

Dann sagte die Bewohnerin zu mir

***„Schau, da oben schaut er runter"***

Ich irritiert und fragte:

***„Wer?“***

Sie sagte:

***„Der Teufel schaut von der Decke runter"***

Ich aus dem Zimmer und holte mir eine Kollegin.

Ich ging da nicht mehr alleine rein. Ich weiß bis heute nicht, was dieses Klopfen war.

# Gruselige Fakten

## NAHTODERFAHRUNGEN

**Das Gehirn kann Stunden nach dem Herztod weiter funktionieren**

Forscher der New York University Langone School of Medicine erklären, dass das Gehirn und einige Sinne noch einige Zeit nach dem Tot weiter bestehen können.

Die Hirnströme setzen innerhalb von zwei bis 20 Sekunden aus, nachdem das Herz aufgehört hat zu schlagen. Gleichzeitig sterben die Gehirnzellen allmählich ab. Allerdings kann dieser Prozess Stunden dauern.

## Tote klingeln nicht oder doch?

(stationäre Altenpflege - November 2012 – Fienchen)

In einer wieder sehr hektisch und chaotischen Nachtschicht, in der ich wieder einmal allein als Pflegefachkraft für drei Wohnbereiche mit knapp 60 Bewohnern zuständig war, lag auch wie immer mal wieder eine Bewohnerin, Frau B. im Sterben.

Frau B. war schon ziemlich lange im Heim zuhause und nicht gerade eine gut gelaunte und zugewandte freundliche Person. Niemals konnte man es ihr recht oder etwas richtig machen. Sie beschwerte sich über einfach alles! Sie musste immer viel zu lange warten, wenn sie (im 5 min. tackt) geklingelt hat. Jeder unterstützende Handgriff tat weh, war falsch oder mit Absicht grob. Jedes Wort war unhöflich oder nicht ernst gemeint. Nicht mal die Strümpfe konnte man ihr ohne Schmerzen anziehen. Das Essen oder die Getränke waren zu kalt, zu warm oder mit Absicht nicht das Richtige. Nur ein paar Beispiele, um die Persönlichkeit von Frau B. zu veranschaulichen. Natürlich war klar, dass es niemals leicht ist, von einer selbstständigen gesunden Person mit Haushalt, Familie und Arbeit, aufgrund von Krankheit und Alter auf immer mehr Hilfe angewiesen zu sein. Sie brachte weder Verständnis, noch ein Hauch Freundlichkeit entgegen. Nun, ich war in dieser Nacht, gegen 23:00 Uhr, fast durch mit der ersten Versorgungsrunde, als plötzlich und ohne erkennbaren Grund, alle Brandschutztüren zuknallten. Dies ließ mich natürlich erstmal sehr erschrecken.

Als es dann auch noch aus dem Zimmer der besagten im Sterben liegenden Frau B. klingelte, wurde mir mulmig.

Ich ging über die, nur mit Nachtbeleuchtung ausgeleuchteten halb dunklen Flure, zum Zimmer. Dort öffnete ich sehr zögerlich die Tür und stellte fest, dass Frau B. verstorben ist.

Ich habe schon sehr viele Menschen in den Tod begleitet und war einiges gewohnt, also schluckte ich meine Anspannung wegen der Situation runter, stellte die Klingel ab und führte die Erstversorgung durch. Erleichtert dies erledigt zu haben, führte ich die notwendigen Telefonate mit dem Bereitschaftsarzt.

Mit den Gedanken schon wieder bei den nächsten zu erledigenden Dingen, fragte ich mich immer wieder warum die Brandschutztüren zu gingen, wo doch keinerlei Brand oder sonstige Gründe ersichtlich waren. Nachdem der Arzt die Leichenschau durchgeführt, den Tod offiziell diagnostiziert sowie den Totenschein ausgestellt hatte, informierte ich die Angehörigen und führte meine Arbeit weiter, denn auch andere Bewohner warteten noch auf mich.

Wie gewohnt schaute ich "nebenbei " auf meinen Pieper.

Als es auf einmal klingelte und ich die Zimmernummer sah, lief es mir kurz eiskalt den Rücken runter, das Zimmer von Frau B.!

In dem Moment hatte ich Angst bekommen! Das kann nicht sein! Konnte ich und der Arzt sich geirrt haben? Frau B. hatte definitiv alle sicheren Todeszeichen, kein Puls, keine Atmung. Wenn ich mich geirrt hatte, okay, aber der Arzt!?

Ich wollte definitiv nicht allein in das Zimmer gehen. Ich rief einen benachbarten Kollegen, der zusammen mit mir zum Zimmer ging und so sehr er auch versuchte mir eine logische Erklärung zu bieten, konnte ich kaum noch einen klaren logischen Gedanken fassen.

Wir gingen in das Zimmer und alles war unverändert. Die Tür abgeschlossen und Frau B. lag friedlich im Bett (tot).

Ich war mehr als froh, als diese Nacht zu Ende ging und der Frühdienst endlich erschien!

Ich glaube, dass Frau B. sich mit einem Knall (Der Brandschutztüren) und über die Rufanlage verabschiedet hat, so dass sie nicht vergessen wird.

Zumindest bei mir hat es funktioniert!

**Zum Abholen bereit**

(Krankenhaus - Cynthia)

Als ich in der Ausbildung war (letzte Station) auf der Inneren, kam ein Patient hoch von der Intensiv, nach einer anstrengend und langen Operation.

Ihm ging es physisch gut. Er hat sogar schon Schlückchen getrunken und hat „normal" gewirkt.

Ich habe dann die Vitalzeichen gemessen und alles war prächtig. Zwei Stunden später bin ich wieder rein in das Zimmer.

Alles war wieder in Ordnung, **ABER** der Patient hatte sich einen Anzug (hatte er im Koffer, keine Ahnung warum) angezogen. Er ist also mit seinen 86 Jahren alleine aus dem Bett und hat sich angezogen. Bin natürlich direkt zu ihm geflitzt und habe ihn wieder ins Bett begleitet. Nun hatte ich ihn gefragt, warum er sich einen Anzug angezogen hat.

Er meinte:

***„Es kamen grade zwei Männer rein und wollten mich abholen. Der eine hatte schwarze Haare und war groß. Der andere war alt, hatte graue Haare und war noch größer"***

Es kam aber niemand rein in das Zimmer.

Das Zimmer war direkt am „Stützpunkt“ und keiner von uns hatte was gesehen...

Nun ja.

Ich habe ihm was zu trinken eingeschenkt und bin wieder raus.

Zwei Stunden später, kurz vor Schichtende, es war circa 22:00 Uhr bin ich noch einmal rein...

Joa... er wurde wohl tatsächlich abgeholt.

Er war tot.

## Schutzengel

(Krankenhaus – 1981 – Jutta - Krankenschwester)

Es war vor vielen Jahren im Jahre 1981.

Ich hatte einen Patienten auf Station, dem das Bein amputiert werden sollte. Da er schon einige Zeit auf Station lag, hat man sich auch schon etwas besser kennengelernt.

Der ältere Herr sagte immer zu mir:

***"Schwesterchen, hier fühle ich mich sicher, denn ich weiß, dass du mein Schutzengel bist und auf mich aufpasst".***

Ich fand dies immer sehr schmeichelnd, dachte mir am Ende aber nichts weiter dabei.

Am Tag der OP hatte ich Dienst und die Aufgabe alle Patienten mit Frühstück zu versorgen. Parallel haben schon die Vorbereitungen im Operationssaal begonnen.

Plötzlich rief der OP an, wir sollen den besagten Patienten in den OP bringen. Plötzlich schoss es mir wie ein Blitz durch den Kopf, dass ich dem Patienten etwas zu Essen gegeben habe.

Ich meldete mich somit sofort beim OP und sagte dem Arzt, dass der Patient nicht mehr nüchtern sei und daher nicht operiert werden kann.

Kurze Zeit später rief mich der Arzt zurück und sagte, dass wir die Zeit nutzen sollen, um den Patienten noch einmal zum Röntgen zu fahren.

Als der Doktor sich die Röntgenaufnahmen angesehen und ausgewertet hat, stellte sich heraus, dass das Bein doch nicht amputiert werden muss und nicht abgenommen werden darf.

Am Ende war ich wohl tatsächlich der Schutzengel des älteren Herrn.

# Gruselige Fakten

**DAS HANDY**

Auf deinem Handy sind mehr Bakterien als auf einer öffentlichen Toilette.

So befinden sich auf einem Handy circa 10 Mal so viele Bakterien, wie auf der Toilette.

Daher sollte man das Handy regelmäßig desinfizieren, so dass es nicht zu einer Gefährlichen Bakterienschleuder wird.

## Das Telefonat

(Stationäre Altenpflege – 1995)

***Ich möchte von einer Geschichte erzählen, die sich laut Internet 1995 zugetragen hat. So wurde hier folgendes in ähnlicher Art und Weise geschrieben:***

Wir hatten im Wohnbereich eine Bewohnerin. Frau Karsten war 82 Jahre alt und erhielt jeden Tag von 09:00 bis 11:00 Uhr und von 15:00 Uhr bis 17:30 Uhr Besuch von ihrem 85 jährigen Mann.

Herr Karsten war ganz alleine mit der Pflege seiner Ehefrau überfordert gewesen, so dass er sich schweren Herzens dafür entschieden hatte, seine Frau ins Heim zu geben. Trotz der erschwerten Bedingungen und der Unterbringung im Heim, haben die Beiden über die Zeit ihren Alltag gefunden. Ich habe selten ein Ehepaar erlebt, welches so vertraut war und sich auch noch im hohen Alter so sehr liebte.

Es war immer sehr schön anzusehen, wie sie sich um einander sorgten und auf einander Acht gaben. Es schien immer so, ob sie tief miteinander verbunden waren.

An einem Sonntag hatte ich Frühdienst und Herr Karsten war wieder zu Besuch. Kurz nach dem Mittag verabschiedete er sich, um nach Hause zu gehen und Mittagsschlaf zu machen.

Wir machten unsere Bettenrunde, brachten alle Bewohner für die Mittagsruhe ins Bett und setzten uns ins Dienstzimmer, um die Dokumentation zu machen. Diese war damals noch bedeutend weniger als heute. Anschließend machten wir die Vorbereitungen für den Spätdienst.

Plötzlich klingelte gegen 14:00 Uhr das Telefon. Ich ging ran und war völlig verwundert, als sich Herr Karsten am Telefon meldete. Eigentlich dachte ich, dass dieser ja schlafen wolle. Er sagte mir, dass er ganz dringend seine Frau sprechen müsse. Ich habe ihn gefragt, ob das nicht Zeit für seinen Nachmittagsbesuch hätte, was er jedoch vehement verneinte. Ich sagte ihm letztendlich, dass ich ins Zimmer gehen werde, um seine Frau ans Telefon zu holen. Damals gab es ja noch keine Mobiltelefone auf Station wie heute, so dass es etwas umständlicher war.

Ich klopfte ans Zimmer, öffnete die Tür und erschrak, als ich Frau Karsten auf dem Boden liegen sah. Sie war nicht ansprechbar und hatte eine Platzwunde am Hinterkopf, so dass sich unter dem Kopf eine kleine Blutlache gebildet hatte. Ich hockte mich sofort neben sie, um die Vitalzeichen zu prüfen, welche glücklicherweise gut messbar waren. Zwischenzeitlich kam meine Kollegin ins Zimmer, welche nach einer kurzen Abstimmung mit mir den Notarzt rief. Dieser kam schon nach kurzer Zeit, um Frau Karsten schon 30 Minuten später mit ins Krankenhaus zu nehmen. Gegen 14:30 Uhr verließ der Krankenwagen den Hof mit Frau Karsten.

Gegen 14:40 Uhr Stand auf einmal Herr Karsten vor mir. Mir fiel sofort ein, dass ich diesen ja ganz am Telefon vergessen hatte. Ich erklärte ihm kurz was passiert sei. Er schaute mich ganz irritiert und mit großen Augen an. Ich sagte ihm darauf, dass er sich mal keine Sorgen machen soll und alles gut wird. Daraufhin sagte er etwas zu mir, was ich niemals vergessen werde.

**„Schwester, ich habe Sie nicht angerufen."**

Wenn ich so drüber nachdenke, kriege ich noch heute eine Gänsehaut.

Ich schaute ihn jetzt genauso irritiert an und fragte, warum er denn jetzt schon hier sei, woraufhin er mir erzählte, dass er geträumt hätte, dass seine Frau hilflos im Zimmer liegt, woraufhin er nicht mehr schlafen konnte und so in Sorge war, dass er schon früher losgegangen ist.

Im Nachhinein stellte sich heraus, dass Frau Karsten einen Schlaganfall hatte und daher gestürzt ist, wo sie sich auch die Platzwunde zugezogen hatte.

Nur dadurch, dass sie so schnell gefunden und behandelt werden konnte, wurde schlimmeres verhindert, so dass sie keine weiteren Langzeitfolgen zu beklagen hatte.

***(Diese Geschichte wurde in ähnlicher Art und Weise im Internet gefunden. Wahrheit oder Fiktion?)***

**Auch verstorbene schauen Fern**

(Stationäre Altenpflege – Sommer 2020 – Fleur - Krankenschwester)

Ich kam an einem Sonntag, wie gewohnt, zum Spätdienst ins Pflegeheim. Noch vor der Übergabe erzählten meine Kollegen, dass ein noch recht fitter Bewohner plötzlich verstorben sei. Ok. Das passiert nun mal, immerhin hat hier jeder Bewohner seine Erkrankungen. In der Übergabe erfuhren wir auch, dass der Arzt schon da war, aber der Bestatter noch erwartet wird. Natürlich wurde ich auf den Wohnbereich eingeteilt, in welchen der verstorbene Bewohner lebte. An sich kein Problem, ich hatte schon öfter mit Verstorbenen zu tun, in 20 Jahren als Pflegekraft. Das schockiert mich nicht mehr.

Der Dienst begann ganz normal. Zuerst gab es Kaffee und Kuchen für die Bewohner. Einige fragten mich, wo denn der verstorbene Bewohner sei und ich erklärte dann, dass er verstorben war. Kurz nach dem Kaffee kam der Bestatter und wir gingen zum Bewohnerzimmer. Ich schloss das Zimmer auf, fragte noch wie wir zwei alleine den Bewohner bewegen sollen, denn er wog über 200 Kg. Der Bestatter meinte daraufhin, dass er dann nochmal los müsse, um einen größeren Sarg und Helfer zu besorgen. Also verließen wir das Zimmer wieder. Es waren alle elektrischen Geräte aus und ich verschloss das Zimmer wieder.

Ich machte erstmal in meinem gewohnten Stationsalltag weiter und half bei der Versorgung der immobilen Bewohner, in der oberen Etage.

Als wir zur Pause gehen wollten, kam der Bestatter, mit vier Helfern wieder. Während sie noch den extra breiten Sarg reinholten, wartete ich an dem Eingangstor auf die Herren. Wir gingen zum Zimmer des Verstorbenen. Als ich die Tür aufschließen wollte, hörten wir Stimmen aus dem Zimmer. Wir sahen uns alle sechs geschockt an. Die Stimmen kamen definitiv aus dem Zimmer. Es konnte keiner rein, da die Tür ja abgeschlossen war und es nur diesen Zugang zum Zimmer gab. Am liebsten wäre ich weggerannt, schloss aber stattdessen mit zitternden Fingern die Tür auf.

Uns allen stand die Panik ins Gesicht geschrieben. Ich drückte zittrig die Türklinke runter, alles in mir schrie nach Flucht. Sehr langsam und mit rasenden Herzen, öffnete ich die Tür.

Auf dem Bett lag noch der, mit einem Laken bedeckte, verstorbene Bewohner.

Ich steckte meinen Kopf durch den Türspalt und sah, dass der Fernseher an war. Dieser war vorher definitiv aus.

Ich drehte mich zu den Bestattern um und sagte:

***"Tot ist er auf jeden Fall noch."***

Uns allen viel ein Stein vom Herzen und die Bestatter begannen den Verstorbenen in den Sarg zu betten.

Ich war froh, als sie mit ihm das Heim verlassen hatten.

Später ging ich nochmal mit einer Kollegin in das Zimmer. Wir wollten wissen, was da los war.

Der Bewohner war sehr an Technik interessiert und hatte sich eine Zeitschaltvorrichtung für seinen Fernseher gebastelt, so dass der Fernseher zu einer bestimmten Uhrzeit angeht. Auch wenn es eine logische Erklärung dafür im Nachhinein gibt, schaudert es mich immer noch immer, wenn ich daran denke.

## DAS EXPLODING HEAD SYNDROME

Das Exploding Head Syndrome (EHS) ist ein Zustand, bei dem eine Person beim Einschlafen oder Aufwachen laute Geräusche hört und/oder ein explosives Gefühl hat.

Neben Lärm berichten einige Leute von Angst und Lichtblitzen.

Für den Betroffenen ist dies eine sehr unangenehme Erfahrung, welche jedoch nicht gefährlich ist.

## Sudoku leicht

| | | | | | | | | |
|---|---|---|---|---|---|---|---|---|
| 6 | 8 | | | | | | 1 | 7 |
| | | 5 | | | 3 | | | |
| | | | | 7 | | 6 | 5 | |
| | | | 4 | 3 | | | | 8 |
| 3 | 9 | 8 | 7 | 2 | | 4 | 6 | |
| | 6 | 7 | 5 | 9 | | 1 | 2 | 3 |
| 5 | 3 | | | | 7 | 2 | | |
| | | | | 6 | | | | 1 |
| | 4 | 6 | | 8 | 2 | | | |

## Sudoku mittel

| | | | | | | | | |
|---|---|---|---|---|---|---|---|---|
| 4 | | | | | | | | 1 |
| | 1 | 6 | 9 | | 7 | | | 8 |
| 9 | 2 | | | 1 | | | 5 | |
| | | | | | 1 | | | |
| 1 | 8 | 5 | 3 | 2 | 9 | | | |
| | | | | | 5 | 8 | 1 | |
| | | | 7 | 5 | | | | 9 |
| 7 | 4 | | | 9 | 3 | | | |
| 3 | | 9 | | | | | 2 | 7 |

## Sudoku schwer

| | | | | | | | | |
|---|---|---|---|---|---|---|---|---|
| 1 | | | 6 | 8 | | | 7 | |
| | | 9 | | | | 1 | | 2 |
| | 4 | | | | | | 3 | |
| 4 | | 2 | | | | | 1 | 3 |
| | 5 | | | | 2 | | | 7 |
| | | | 1 | 9 | | | | |
| | | | 8 | | | 7 | | |
| 8 | | | 9 | | | | | 5 |
| | 6 | 5 | 4 | | 3 | | | 1 |

## Sudoku horror

| | | | | | | | | |
|---|---|---|---|---|---|---|---|---|
| 7 | | 9 | | | | | 2 | |
| | | 8 | 9 | | 3 | 7 | | |
| | | | | | 1 | | | |
| | 4 | | | | | | | 5 |
| | | 3 | 8 | | 7 | 2 | | |
| | | | | 6 | | | | |
| | | | | 1 | | 9 | | |
| | | 6 | | 2 | | | | |
| | 3 | | 6 | | 9 | | 4 | |

## Geister aus einer ehemaligen Kinderpsychiatrie

(Krankenhaus – 2018 – Janina L – Gesundheits- und Krankenpflegerin)

Ich war in der Ausbildung zur Gesundheits- und Krankenpflegerin auf einer Palliativstation eingesetzt. Nahezu jeden Tag haben mir die Patienten tolle und spannende Geschichten aus ihrem Leben erzählt, welche mich sehr fasziniert haben.

Ich hatte eine Patientin über mehrere Wochen nahezu täglich betreut, sie wurde leider immer kränker und sie sagte mir, dass sie sich allmählich auf den Weg machen müsse. Kurz vor ihrem absehbarem Tot, schien sie, so sagten die Angehörigen, eher desorientiert.

Ich ging zu ihr, sie grüßte mich wie immer und sprach einige Zeit mit mir, bis sie mir plötzlich erzählte, dass sie das Leid des an der Heizung gefesselten Kindes dort gegenüber von ihrem Bett nicht sehen möchte. Es sei schlimm mit anzusehen, dieses Kind schreien und leiden zu hören.

Sie fragte, warum es gefesselt sei.

Natürlich sah ich dort kein Kind an die Heizung gefesselt und ich versuchte die Patientin zu beruhigen. Sie konnte dies jedoch nicht ertragen. Die arme Dame war völlig aufgelöst. Irgendwann schlief sie ein und ich verabschiedete mich, verließ ihr Zimmer und versprach ihr, am nächsten Tag wieder auf ihr Zimmer zu kommen, um mit ihr zu sprechen.

Als ich am nächsten Tag auf die Schicht kam, war sie leider in der Nacht verstorben. Später erfuhr ich, dass das Gebäude, welches etwas abgegrenzt vom eigentlichen Krankenhaus liegt, Anfang des 20. Jahrhunderts als Kinderpsychiatrie genutzt wurde. Hier wurden die Kinder, wenn sie sich nicht benommen haben oder auch unter psychischen Erkrankungen litten, an die Heizung gefesselt.

Meine Patientin sah wohl eines dieser Kinder kurz bevor sie verstorben ist.

Ich hoffe, dass sie und alle Kinder ihren Frieden finden können.

## Angesagter Friseurbesuch

(Stationäre Altenpflege – 2006 – Nicole M. - Altenpflegerin)

Ich habe im Frühdienst einen Bewohner im Heim gewaschen.

Dieser war immer sehr auf sich bedacht und achtete stets auf sein äußeres Erscheinungsbild.

Nach der Pflege ging er in sein Zimmer und stellte sich vor den Spiegel. Er blickte sich an und bat mich, ihm beim hausinternen Friseur einen Termin zu holen.

Er setzte sich in seinen Sessel. Ich half ihm noch die Schuhe anzuziehen. Anschließend stand er wieder auf.

Er betrachtete sich noch einmal einige Zeit im Spiegel und sagte:

***"Wissen Sie was, lassen Sie das mit dem Termin."***

***"Okay",*** sagte ich und dachte mir nichts weiter dabei.

Als wir ihn zum Frühstück holen wollten, saß er für immer friedlich eingeschlafen in seinem Sessel.

## Dicke Schwester

(Stationäre Altenpflege – 2020 – Hsjsj. - Krankenschwester)

Ich hab auch so einiges gruseliges erlebt im Nachtdienst. Zum Beispiel hatte ich mit einer Kollegin Nachtdienst, die die gleiche Statur hatte wie ich ( damals zumindest ) - klein und zierlich.

Auf einmal klingelte es. Da wir mit Tabletten richten beschäftigt waren, sagte ich, dass ich noch das eine zu Ende mache und dann gehe. Auf einmal aber war die Klingel aus. Wir wunderten uns beide, dachten aber es sei eine Störung.

Zehn Minuten später klingelte es erneut. Ich ging zur Klingel und als ich die Tür öffnete, weinte die Patientin heftig. Sie habe solche Schmerzen und es würde nicht besser werden. Ich solle ihr doch bitte glauben.

Dann habe ich gefragt, warum sie denn nicht schon vorher geklingelt hat. Daraufhin die Bewohnerin:

***„Hab ich doch, aber die dicke Schwester mit der Haube hat gesagt, ich solle mich nicht so anstellen, es gäbe jetzt kein Schmerzmittel."***

Die Mitpatientin bestätigte das Ganze noch.

Ich habe bis heute Gänsehaut und frage mich noch immer, wer da zur Klingel gegangen ist ?!?

## Die Klingel

(Krankenhaus – 1998 – Corinna - Krankenschwester)

Es war 1998 und ich war noch in der Ausbildung zur Krankenschwester. Lust auf Nachtschicht hatte ich nicht - Sie musste aber absolviert werden, um die Prüfungsvoraussetzungen zu erfüllen. Also... auf in den Kampf.

Die Station war unterteilt in verschiedene Fachgebiete: Gyn- ein paar Belegbetten, HNO und Innere. Der Gynäkologe war im Urlaub. Das hieß, die Betten durften von den Internisten belegt werden. Der Nachtdienst begann. Wir hatten Glück, nicht vollgebunkert worden zu sein.... Freude.

Im Spätdienst war jemand verstorben. Die Leiche wurde bis zur Verabschiedung durch die Angehörigen im vordersten Zimmer aufbewahrt. Die Spätschicht nahm ihn am Schichtende mit runter zur Prosektur.

Nachdem ersten Rundgang belohnten sich Schwester D. und ich mich mit einer Zigarette. Kaum aufgetaucht- Klingel. War ja klar. Ich schaute und stutzte.... Zimmer 1. Kann nicht sein, ist doch leer. Zweifelnd und mit mulmigen Gefühl doch hingelaufen. Das Zimmer war leer. Trotzdem klingelte es. Kann ja mal passieren. Schwester D. und ich gingen der üblichen Arbeit nach. Wieder klingelt es. Ich schaue nach und wieder ist es Zimmer 1. Gemeinsam gingen wir Hand in Hand über den Flur, gemeinsam in das Zimmer 1 und wieder ist es leer.

Trotzdem klingelte es. Wir deaktivierten wie immer die Klingel, aber eigentlich fanden wir es gruselig. Noch weitere zweimal sollten wir dies in derselben Nacht erleben.

Beim letzten Mal war es 4:30 Uhr. Es klingelte.... Wir wetteten schon, dass Zimmer 1 es war und wieder leuchtete genau dort die rote Birne. Ich sagte nur, dass das Examen mir egal sei, dass ich in dem Irrenhaus eh nicht arbeiten wolle.... Wieder gingen wir Hand in Hand todesmutig zu dem Zimmer. Schwester D. murmelte immer wieder etwas von Kündigung und "warum gebe ich mir sowas?" ....

Wir traten in das Zimmer, alles leer.

Plötzlich ein kichern hinter dem Duschvorhang. Unsere Hauptnachtwache, Schwester A., die damals als Springer nachts eingesetzt war für das Haus, lachte sich kaputt. Sie wusste von dem Verstorbenen im Spätdienst. Sie wollte uns ärgern und uns einen Schrecken einjagen.

Das war ihr sehr gut gelungen.

## Der Todeszeitpunkt

(Krankenhaus – 2021 – Desi - Gesundheits- und Krankenpflegerin)

Ich war damals im zweiten Lehrjahr meiner Ausbildung zur Gesundheits- und Krankenpflegerin.

Ich kam gut gelaunt zum Spätdienst und sollte helfen die Tabletten, welche zum Mittagessen eingenommen werden sollten, zu verteilen. Im letzten Zimmer lag ein Patient im Bett, den ich schon eine Weile kannte. Er war schwer krank, aber dennoch noch klar im Kopf und konnte noch einiges selbst machen.

Als ich ihm helfen wollte seine Tabletten zu nehmen, meinte er nur zu mir:

***„Das sei nicht nötig, da ich in 5 Minuten sterben werde."***

Ich meinte dann zu ihm, dass das nicht passieren würde und wir den Nachmittag gemeinsam verbringen würden.

Habe dann trotzdem nochmal zu ihm nach 5 Minuten rein geschaut. Da schaute er mich an und lachte.

Circa 30 Minuten später kam die Frau des Patienten zu Besuch und auf einmal hörte man nur die Ärztin rufen, dass wir sofort kommen sollten für eine Reanimation.

Leider war es zu spät und er hatte schon Leichenflecken.

**So ist er tatsächlich kurz nach unserem Gespräch verstorben.**

**Der Ruf der verstorbenen Patientin**
(Krankenhaus – 2013 – Nina – Krankenschwester)

Es ist schon etwa 10 Jahre her.

Ich hatte mit einer Kollegin Nachtdienst und wir saßen gerade gemütlich im Stationszimmer. Wir führten unsere Kurven und ahnten nichts Schlimmes. Auf einmal hörten wir, wie immer und immer wieder irgendwelche Türen vom Treppenhaus aufgingen und wieder zu. Es kam jedoch niemand hoch.

Auch sind die elektrischen Türen aufgegangen, aber es war nie jemand zu sehen. Meine Kollegin und ich auf dem Flur, um zu schauen, was da los ist. Wir hatten beide das Gefühl, dass uns jemand beobachtet oder uns verfolgt. Sehr bedrückendes und komisches Gefühl.

Als wir dann in die Versorgung der Patienten gegangen sind, haben wir immer wieder im Augenwinkel gesehen, dass jemand hinter uns stand. Wenn wir uns umgedreht haben, war jedoch keiner da. Dann hat immer wieder jemand die Deckel vom Schmutzwagen auf und zu gemacht. Als wir zu einer Patienten rein gegangen sind, haben wir sie dann leider tot vorgefunden. Als wir sie gefunden hatten, hat augenblicklich der ganze Spuck aufgehört.

# Finde den Unterschied

(5 Stück)

# Finde den Unterschied

**(5 Stück)**

## Besuch auf der Psychiatrie

(Krankenhaus – 2004 – Axel – Gesundheits- und Krankenpfleger)

In meiner Ausbildung, drittes Lehrjahr, hatte ich meinen Pflichteinsatz auf der Psychiatrie. Ich hatte Spätdienst auf der Station für Suchterkrankungen.

Etwa 21:00 Uhr, also kurz vor der Übergabe, polterte es auf einmal über die ganze Station. Dem Poltern folgten ein Schreien und ein Rumpeln. Ganz erschrocken schaute ich die mit mir im Dienst befindliche Schwester an, die sofort aufsprang und auf den Flur lief. Kurz entschlossen bin ich auch aufgesprungen und hinterher gelaufen. Als ich auf dem Flur war, hörte ich, dass der Krach von der Eingangstür der Station kam.

Genauso schnell wie es angefangen hat, hat es auch wieder aufgehört. Ohne scheinbar lange drüber nachzudenken, schloss die Schwester die Tür auf, um einmal nachzusehen was denn da los ist.

Wie aus dem heiteren Himmel, kam aus der Dunkelheit eine düstere Person hervorgesprungen, welche ganz rot unterlaufene Augen hatte. Die Gestalt war männlich, hatte lange zottlige Haare, einen Siebentagebart und wirkte insgesamt sehr ungepflegt.

Aus irgendeinen Grund, kam die Person zielgerichtet auf mich zu. Schrie mich an und forderte, dass ich ihm sofort Tabletten zu geben habe.

Ich wusste gar nicht wie mir passiert. Im Effekt sagte ich:

***„Ich habe keine Tabletten."***

Was die Situation jedoch nicht besser machte, sondern nur noch schlimmer.

Der Mann, mittleren Alters packte mich am Kasack, schüttelte mich hin und her und schrie immer wieder:

***„Ich will jetzt meine Tablette."***

Dabei spuckte mir der Mann beim Sprechen durch seine feuchte Aussprache immer wieder ins Gesicht.

Als Auszubildender war ich recht schnell überfordert mit der Situation. Es schien mir, als hätte der Mann übernatürliche Kräfte, da ich gefühlt vom Boden abgehoben habe.

In der ganzen Aufregung habe ich ganz die Schwester vergessen, mit der ich im Dienst war, welche den Mann auf einmal von hinten packte, ihm den Fuß in die Kniekehlen drückte und ihn so zu fallen brachte. Ich konnte gar nicht so schnell gucken, wie er am Boden lag und sie auf seinem Rücken gesessen und ihn am Boden liegen fixiert hat.

Kurz darauf kam auch schon der Sicherheitsdienst, welchen die Schwester parallel angerufen hatte.

Diesen Schreck werde ich nie vergessen.

## Kleiner Junge

(Pflegeheim – 2016 – Heiko – Altenpfleger)

Bei uns im Heim hatten wir eine Frau, die seit einiger Zeit einen kleinen Jungen gesehen hat, der aber gar nicht da war.

Wenn man bei ihr war, schaute sie immer in die Richtung ihres Sessels und lächelt diesem zu.

An einem Abend war sie ganz aufgeregt und fragte mich, ob ich den kleinen Jungen gesehen hätte. Sie sagte mir ganz traurig, dass er weggelaufen ist. Ich dachte mir nichts weiter dabei und setzte meine abendliche Runde fort.

Etwas später war ich bei einem dementen Bewohner im Zimmer. Dieser sagte mir auf einmal ganz energisch, dass ich den jungen wieder mitnehmen soll und er fragte mich, seit wann jetzt schon Kinder mit zur Arbeit dürfen.

Ich versuchte mir nix anmerken zu lassen und war froh, als der Dienst vorbei war.

Ich habe anschließend nix mehr von dem kleinen Jungen gehört.

# Langeweilebild für den Nachtdienst

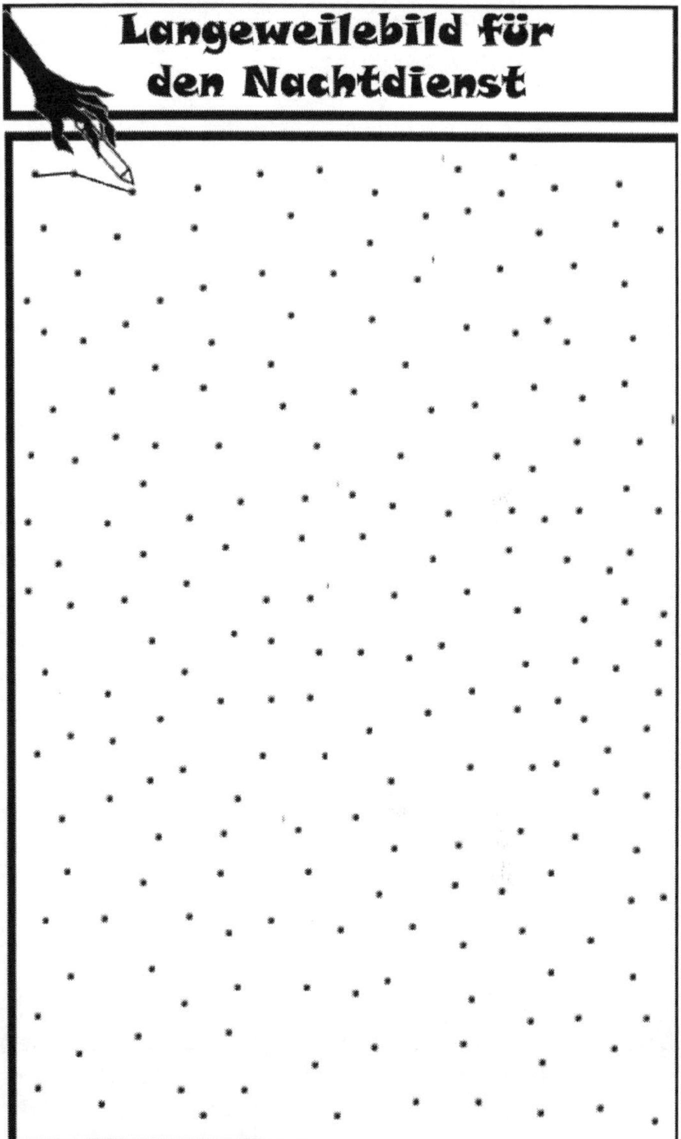

# ÜBERGABEINFORMATIONEN

| DATUM: | |
|---|---|

| NAME | NOTIZ |
|---|---|
| | |
| | |
| | |
| | |
| | |
| | |
| | |
| | |
| | |
| | |
| | |
| | |
| | |
| | |
| | |

# ÜBERGABEINFORMATIONEN

| | |
|---|---|
| **DATUM:** | |

| **NAME** | **NOTIZ** |
|---|---|
| | |
| | |
| | |
| | |
| | |
| | |
| | |
| | |
| | |
| | |
| | |
| | |
| | |
| | |
| | |

# ÜBERGABEINFORMATIONEN

| **DATUM:** | |
|---|---|

| **NAME** | **NOTIZ** |
|---|---|
| | |
| | |
| | |
| | |
| | |
| | |
| | |
| | |
| | |
| | |
| | |
| | |
| | |
| | |
| | |

# ÜBERGABEINFORMATIONEN

| DATUM: | |
|---|---|

| NAME | NOTIZ |
|---|---|
| | |
| | |
| | |
| | |
| | |
| | |
| | |
| | |
| | |
| | |
| | |
| | |
| | |
| | |
| | |

# ÜBERGABEINFORMATIONEN

| | |
|---|---|
| **DATUM:** | |

| **NAME** | **NOTIZ** |
|---|---|
| | |
| | |
| | |
| | |
| | |
| | |
| | |
| | |
| | |
| | |
| | |
| | |
| | |
| | |
| | |

# ÜBERGABEINFORMATIONEN

| **DATUM:** | |
|---|---|

| **NAME** | **NOTIZ** |
|---|---|
| | |
| | |
| | |
| | |
| | |
| | |
| | |
| | |
| | |
| | |
| | |
| | |
| | |
| | |
| | |

# ÜBERGABEINFORMATIONEN

| DATUM: | |
|---|---|

| NAME | NOTIZ |
|---|---|
| | |
| | |
| | |
| | |
| | |
| | |
| | |
| | |
| | |
| | |
| | |
| | |
| | |
| | |
| | |

# ÜBERGABEINFORMATIONEN

| DATUM: | |
|---|---|

| NAME | NOTIZ |
|---|---|
| | |
| | |
| | |
| | |
| | |
| | |
| | |
| | |
| | |
| | |
| | |
| | |
| | |
| | |
| | |

# ÜBERGABEINFORMATIONEN

| DATUM: | |
|---|---|

| NAME | NOTIZ |
|---|---|
| | |
| | |
| | |
| | |
| | |
| | |
| | |
| | |
| | |
| | |
| | |
| | |
| | |
| | |
| | |

## Sitzwache

(Krankenhaus – 2004 – Niels – Krankenpfleger)

In der Ausbildung zum Krankenpfleger bzw. zur Krankenschwester ist es üblich, dass man nicht nur alle Schichten und alle Stationen durchlaufen muss, sondern auch, dass man für Tätigkeiten eingesetzt wird, wo man junge Auszubildende eigentlich nicht einsetzen sollte.

Ich war gerade im dritten Ausbildungsjahr und hatte mein Einsatz auf der Psychiatrie zu absolvieren. Nachdem ich meinen ersten Spätdienst ohne besondere Vorfälle überstanden hatte, ist bedauerlicherweise im Nachtdienst eine Kollegin ausgefallen und so hatte ich das „Glück“, aus dem Spätdienst in den Nachtdienst umgesetzt zu werden.

Ich kann mich noch recht gut an den Tag erinnern, an dem ich zum ersten Nachtdienst auf die Psychiatrie musste. Irgendwie hatte ich schon den ganzen Tag ein nicht so gutes Gefühl, dachte mir aber letztlich nicht viel dabei. Als junger Mensch ist man ja auch von vielen Eindrücken des Lebens abgelenkt, so dass das eigene Bauchgefühl noch eine untergeordnete Rolle spielt.

Gegen 21:30 Uhr, also etwa 30 Minuten vor Dienstbeginn, hatte ich mich auf Station eingefunden und bei der diensthabenden Schwester gemeldet. Zunächst machte ich mich erst einmal an die Aufgabe, für mich und die Nachtschwester einen Kaffee zu kochen, denn schließlich hatten wir ja eine lange Nacht vor uns.

Anschließend wurde uns alles Wesentliche vom Spätdienst übergeben. Im Großen und Ganzen gab es im Tagdienst keine Besonderheiten, so dass wir beste Voraussetzungen für einen ruhigen Nachtdienst hatten.

Nachdem wir die erste Stunde hinter uns hatten, klingelte gegen 23:00 Uhr das Telefon. Es war die in der zweiten Station befindliche Akutpsychiatrie, die uns mitteilte, dass sie einen Patienten auf Station haben, welcher fixiert werden musste und über die Nacht beobachtet werden muss. Da die diensthabende Schwester meiner Station ja schlecht die Station verlassen konnte, war mir recht schnell klar, wer hier auf die andere Stationen gehen muss.

So machte ich mich also auf in Richtung zweite Etage. Schon die Tatsache, am Eingang der Station vor verschlossenen Türen zu stehen, löst in einem jungen Menschen große Beklemmungen aus. Glücklicherweise empfing mich eine liebevolle Schwester. Sie erzählte mir davon, dass sie einen manisch-depressiven Patienten auf Station haben, welchen sie im Delirium fixieren mussten. Zur Sicherheit hatte der Arzt angeordnet, dass ihn zusätzlich jemand die gesamte Nacht beobachten muss.

Als ich die Worte **„die gesamte Nacht“** vernommen hatte, ahnte ich bereits, dass mir die nächsten Stunden einiges abverlangen werden.

Die Schwester brachte mich zum Isolierzimmer, früher sagte man hierzu wahrscheinlich „Gummizelle“. Es handelte sich hierbei um ein abgedunkeltes, etwa 12

Quadratmeter großes Zimmer, was komplett leer war, wenn man mal von dem Patientenbett und dem gegenüberstehendem Stuhl absieht. Die angrenzende Nasszelle bestand aus einem Waschbecken und einer Toilette, beides aus Edelstahl. Dies sollte als mein Arbeitsplatz für die nächsten 7 Stunden sein.

Auf dem Bett lag ein etwa 1,80 m großer Mann. Er hatte die Augen geschlossen und atmete bzw. stöhnte laut vor sich hin. Die Beine und Arme waren jeweils rechts und links am oberen und unteren Ende des Bettes fixiert. Zusätzlich hatte der Mann um seinen Bauch einen Gurt. Somit hatte der Patient eine 5-Punkt-Fixierung, was dafür sprach, dass der Mitte 40ér recht gefährlich in seinem Zustand sein musste.

Die Schwester erzählte mir, dass der Patient in Folge seiner Grunderkrankung einen massiven Tablettenmissbrauch betrieben hat und jetzt im Zuge des Entzugs in ein Delirium gefallen ist. Ihrer Einschätzung nach sollte keine Fremd-, jedoch eine Große Eigengefährdung bestehen.

So saß ich kurze Zeit später auf meinem Stuhl und sollte lange 7 Stunden vor mir habe. In den etwa ersten 60 Minuten atmete der Patient nur recht laut. Begleitet wurden seine Geräusche der Atmung durch Schreie von Mitpatienten der Station. Nach der ersten Stunde öffnete der Patient immer wieder leicht seine Augen und kam so allmählich zu sich. Als dieser mich scheinbar das erste Mal so richtig wahrgenommen hat, sprach mich dieser fast flüsternd an.

**„Eh du, komm mal her und mach mich mal los."**

Zunächst reagierte ich nicht, was von Seiten des Mannes auch erst einmal so hingenommen wurde. Nach etwa weiteren 30 Minuten wurde der Patient immer wacher und seine Ansprache immer deutlicher.

**„Eh du Affe, antworte mal oder bist du Dir dafür etwas zu fein",** war hier noch einer der mildesten Ansprachen.

Nach einiger Zeit antworte ich dann doch irgendwann und sagte ihm, dass ich ein Schüler des dritten Lehrjahres bin und doch nur auf ihn aufpassen soll. Dies war scheinbar nicht so eine gute Idee, denn die Tatsache, dass auf ihn jemand aufpassen müsse, gefiel ihm gar nicht.

Seine Aggression über seine aktuelle Situation wurde immer größer. In seinen Augen zeigte sich zunehmend der Zorn, den er wohl innerlich verspürte. Seine Stimme wurde immer lauter und immer aggressiver. Er zog an den Fixierungen, mal mit den Händen, mal mit den Füßen und mal zusammen. Zwischendurch drückte er sich immer wieder mit dem Rücken vom Bett ab und versuchte mit aller Kraft seine Fixierungen zu lösen. Da mir die Situation doch sehr unheimlich war, rief ich über den Schwesternruf die Nachtschwester, welche jedoch einige Zeit auf sich warten ließ.

In der Zwischenzeit wurde sein Schreien immer lauter, sein Fluchen mir gegenüber immer stärker und aggressiver:

**„Du Drecksau, mache mich endlich lose.“** Schrie bzw. spuckte er inzwischen in meine Richtung.

Nach einiger Zeit und die Schwester war immer noch nicht da, schaffte es der Patient sich tatsächlich mit einem Fuß aus der Fixierung zu lösen. Seine Freude darüber zeigte er mit einem irren Gelächter.

**„Gleich bin ich hier raus und dann wirst du was erleben“,** schrie er mir immer wieder entgegen.

Dies war der Moment, wo es mich nicht mehr auf dem Stuhl hielt. Ich bat ihn darum sich zu beruhigen, aber dies machte es nur noch schlimmer.

Kurz bevor ich die Flucht Richtung Flur antreten wollte, kam endlich die Nachtschwester ins Zimmer. Recht schnell erkannte sie die Situation und rief den diensthabenden Arzt. Dieser kam zum Glück recht schnell. Nachdem der Patient etwas zur Beruhigung erhalten hatte, wurde dieser recht schnell wieder ruhig und schlief wieder ein.

Auch wenn der Rest der Nacht sehr ruhig war, wollt ich nur noch nach Hause und diese Sitzwache endlich hinter mir lassen.

## Pieper

(Kurklinik – 2019 – Andrea – Pflegekraft)

Ich arbeite als Nachtwache in einer Mutter-Kind-Klinik. Hier ist es üblich, dass man sich nachts hinlegen kann und eben nur raus muss, wenn einer der Patienten ein Anliegen hat.

Bin an einem Montag zum Dienst. Der Abend ist ruhig gelaufen und ohne weitere Auffälligkeiten, so dass ich mich gegen 22.30 Uhr hinlegen konnte. Gegen 1:20 Uhr ging plötzlich mein Pieper los, der mir anzeigte, dass eine der Patientinnen wohl ein Anliegen hat. Ich also raus aus dem Bett, ab zum Fahrstuhl, hoch in die vierte Etage und bei der Patientin geklopft.

Es machte keiner auf, ich klopfte also noch einmal und noch einmal. Irgendwann machte mir die Patientin ganz verschlafen die Tür auf.

Sie guckte mich mit großen Augen an und fragte mich, was denn los ist. Ich schaute sie ganz verdattert an und sagte ihr, dass sie geklingelt hat, was sie jedoch verneinte. „Mhmmm, sehr komisch“, dachte ich mir. Ich entschuldigte mich für die Störung und wünschte noch eine ruhige restliche Nacht.

Auf dem Rückweg zu meinem Zimmer fragte ich mich, ob die Rufanlage wohl eine Störung oder ob der Pieper eine Macke hat.

Als ich wieder in meinem Zimmer angekommen bin, wurde es nun auf einmal ganz verrückt.

Auf dem Bett lag der kaputte Hängeschrank, der vorher an der Wand und über dem Bett hing. Spontan dachte ich, dass jemand eingebrochen ist und jemand das Zimmer durchwühlt hat.

Ich schaute dann jedoch genauer hin und sah, dass sich der Schank samt Dübeln aus der Wand gelöst hatte und direkt aufs Bett gekracht ist, wo ich vorher lag.

Am Ende hat er mich nur nicht getroffen, da mein Pieper mich wach gemacht und zur Patientin gerufen hat.

Schon sehr merkwürdig.

Scheinbar hat da irgendjemand auf mich aufgepasst.

## Begleitung bis zur letzten Sekunde

(Pflegeheim – 2016 – Tina – Altenpflegerin)

Vor einiger Zeit war ich an einem Sonntag im Spätdienst eingeteilt. Auf der Station war eine Bewohnerin, der es schon paar Wochen sehr schlecht ging, die dann zum Abend hin verstorben ist.

In den letzten Wochen hatte die Bewohnerin ständig Besuch von Ihrer Tochter, da diese ihre Mutter bis zum Tot begleiten wollte. Sie hatte es ihr versprochen, da diese laut Aussagen der Tochter Angst davor hatte, alleine zu sterben. Gerade an diesem Tag, musste die Tochter schon etwas früher los. Irgendwie war mir nicht ganz wohl die Frau alleine zu lassen, so dass ich mich zwischendurch immer mal wieder an ihre Seite gesetzt habe.

Am Ende ist sie dann tatsächlich in meinem Beisein verstorben, so dass sie nicht alleine war und ihre Angst nicht wahrgeworden ist.

Auch wenn die Tochter sehr traurig war, ist sie doch sehr froh gewesen, dass die Mutter in den letzten Minuten durch mich begleitet wurde und nicht alleine war.

Bis hier war es alles ganz normal und nichts Ungewöhnliches. Als ich mich an den Computer gesetzt habe, um die Dokumentation zu schreiben, machte ich mir nebenbei das Radio an.

Nach einiger Zeit setzte im Radio auf einmal ein Rauschen ein, zeitgleich wurde mir auf einmal ganz kalt und das Licht flackerte ganz leicht an der Decke. Das Rauschen im Radio wurde wieder etwas leiser und ich meine eine leise Frauenstimme im Radio gehört zu haben, die sagte:

***„Danke"***

Das Rauschen im Radio wurde wieder etwas lauter, bevor wieder die ganze normal Radiomusik einsetzte. Das Flackern an der Decke war genauso schnell wieder vorbei, wie es begonnen hat.

Das war schon echt komisch. Vielleicht war es ja nur eine Stromschwankung, wodurch vielleicht auch der Empfang des Radios gestört wurde.

Ich bin jedoch fest davon überzeugt, dass sich die Bewohnerin auf diesem Weg bei mir bedanken wollte.

## Die Neuaufnahme

(Krankenhaus – 2007 – Inge – Kankenschwester)

Schon recht kaputt von den vorherigen Nachtdiensten quälte ich mich 2007 zu meiner siebten Nachtschicht auf einer neurologischen Station und wie es so ist, hatte ich die große Hoffnung, dass es eine ruhig Nacht wird. Dem sollte natürlich nicht so sein. Im Gegenteil, es war die schlimmste Nacht und der schreckliste Dienst in meinem Leben, nach dem ich eigentlich meinen Job aufgeben wollte.

Meine Kollegin, mit der ich zu zweit Nachtdienste hatte, wartete damals schon auf mich, da ich mich etwas verspätet hatte. Der obligatorische Kaffee stand schon frisch aufgebrüht auf dem Schreibtisch. Wir ließen nicht viel Zeit vergehen und begannen mit der Übergabe vom Spätdienst. Im Grunde gab es nicht viele Besonderheiten oder Neues, bis auf die Tatsache, dass wir eine Neuaufnahme hatten, welche wegen des Verdachts auf einen Schlaganfall zur Beobachtung eingewiesen wurde, aber am nächsten Tag schon wieder entlassen werden sollte, sofern sich klinisch keine Auffälligkeiten ergeben.

Nachdem die Übergabe beendet war, tranken wir noch in Ruhe unseren Kaffee aus und begannen anschließend mit unserem ersten Rundgang.

Wie sollte es anders zu erwarten sein, viele der Patienten schliefen bereits. Hier und da war noch eine Infusion abzunehmen und Tabletten zu verteilen.

Als wir im Zimmer der Neuaufnahme ankamen und das Zimmer betraten, fanden wir die Patientin auf dem Bett und im Schneidersitz sitzend vor. Mit dem Rücken war sie zu uns gedreht. Es sah so aus, ob die Frau meditierte. So rückblickend meine ich mich daran zu erinnern, dass sie scheinbar gar nicht mitbekommen hat, dass wir den Raum betreten haben.

Die Dame war um die 50 Jahre alt, etwa 1,60 m groß, recht dünn und hatte schulterlange, ungepflegte schwarze Haare, welche sie offen trug.

Wir sprachen sie an, erhielten jedoch keine Reaktion. Meine Kollegin legte eine Hand auf ihre Schulter. Plötzlich fing die Frau wie verrückt an zu kreischen, ohne dass sie sich dabei auch nur einen Zentimeter bewegte. Wir versuchten sie zu beruhigen, was uns nach kurzer Zeit auch gelang. Sie wirkte sehr apathisch und reagierte auch nicht auf unsere Ansprache, so dass wir uns entschieden den Arzt zu rufen.

Dieser kam kurze Zeit später auf Station. In der Zwischenzeit war die Dame wieder ganz ruhig, lag auf dem Bett und antworte auf die Fragen des Arztes, auch wenn etwas verzögert. Am Ende ist der Arzt wieder unverrichteter Dinge gegangen und wir haben unseren Dienst weiter fortgesetzt.

Gegen 0:30 Uhr machte meine Kollegin einen weiteren kurzen Rundgang. Ich bereitete während dessen schon die eine oder andere Infusion für den nächsten Tag vor.

Plötzlich rief mich meine Kollegin über den gesamten Flur, so dass ich innerlich zusammenzuckte. Ich solle doch bitte sofort zu ihr kommen. Sie stand vor dem Stationsbad und hatte die Hand vor dem Mund gehalten. Wahrscheinlich tat sie das, um nicht vor Schreck zu schreien. Als ich ins Bad schaute, verstand ich wovor sie sich so erschrocken hatte. Im Bad saß unsere Neuaufnahme im Dunkeln auf dem Fliesenboden. Sie summte laut vor sich hin und schaukelte dabei mit dem Oberkörper vor und zurück.

Den Kopf hatte sie nach vorne gebeugt, so dass wir ihr Gesicht nur zu Hälfte sehen konnten. Im Gegensatz zum ersten Mal entschieden wir nichts zu machen, sondern gleich den Arzt zu rufen.

Als wir den Arzt gerufen und wieder zum Badzimmer gegangen sind, kam die Dame plötzlich aus dem Badezimmer gelaufen, schreiend auf uns zu. Dabei schrie sie immer wieder sowas wie, „Ich werde Euch holen.“ Irgendwie hatte ich eine total blöde Reaktion, denn ich schlug mir die Hände vor die Augen.

Naja, es passierte nichts, denn sie lief an uns vorbei und zwar geradezu in ihr Zimmer. Es war kaum zu glauben, als der Arzt auf Station war, lag sie wieder in ihrem Bett und antworte halbwegs vernünftig auf seine Fragen. Zum Glück war ich nicht alleine im Dienst, denn sonst hätte mir der Arzt wohl kaum geglaubt, was wir gesehen hatten. Am Ende erhielt die Patientin was zur Beruhigung, wobei wir die Tropfen wohl eher gebraucht hätten.

Naja, am Ende war erst einmal Ruhe.

Gegen 3:00 Uhr machten wir eine Pause und waren im Schwesternzimmer, plötzlich hörten wir schnelle Schritte auf dem Flur. Wie schauten uns beide an und dachten bestimmt beide das Gleiche. Wir schauten beide recht zögerlich um die Türecke und sahen, wie eine Gestalt mit schwarzen Haaren von links nach rechts lief, kurz stehen blieb, inne hielt und weiter lief. Dabei war der Kopf meistens nach unten gerichtet. So nach und nach nährte sie sich dem Schwesternzimmer. Umso dichter sie uns kam, desto mehr fing sie an wirres Zeug vor sich hin zu erzählen und zu kichern. Das war schon echt unheimlich. Plötzlich und wie aus heiterem Himmel lief sie wieder los und direkt auf uns zu. Im Effekt machten wir sofort die Tür zu, so dass die Tür zwischen uns und ihr war.

Wir hörten, wie sie an der Tür kratzte und zu uns sagte:

***„Ich kriege Euch"***

Dabei stöhnte sie es mehr, als das sie es sagte. Wir wollten natürlich sofort wieder den Arzt anrufen. Dummerweise war das Telefon im Schwesternzimmer kaputt, so dass wir erst einmal nichts machen konnten.

Nach einiger Zeit hörten wir, wie sich die Dame von der Tür entfernte und wieder über den Flur lief. Nach einer Weile schauten wir aus der Tür und sahen, dass sie wieder auf dem Fußboden saß und das am Ende des Flures. Diese Chance nutzen wir, um die Flucht ins Stationszimmer zu ergreifen. So schnell wie wir aus dem Schwesternzimmer raus waren, ist die Frau aufgesprungen und wieder auf uns zu gerannt. Es hört sich an wie aus einem schlechten Horrorfilm, aber man muss es sich so vorstellen, dass wir laufen, sie läuft und in der Mitte das Stationszimmer war. Am Ende kamen wir als erstes am Zimmer an und knallten wieder die Tür hinter uns zu. Im Gegensatz zum Dienstzimmer hatte die Tür des Stationszimmers eine Fensterscheibe.

Wir standen nun auf der einen Seite der Tür und die Frau auf der anderen Seite der Tür. Sie haute den Kopf mehrmals gegen die Glasscheibe.

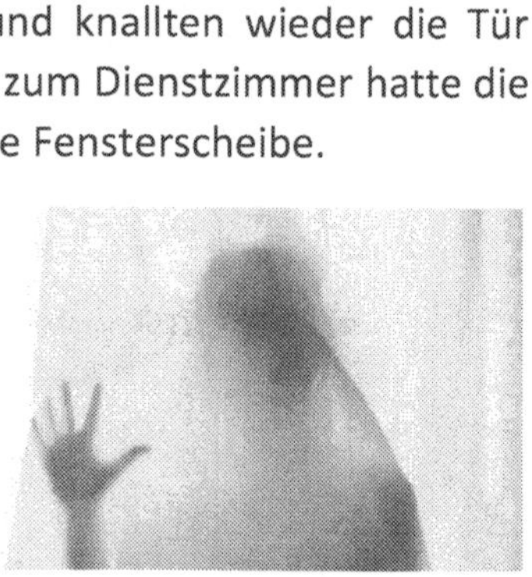

Dabei schaute sie immer wieder ganze irre an und schrie immer wieder:

***„Lasst mich rein, ich kriege Euch!“***

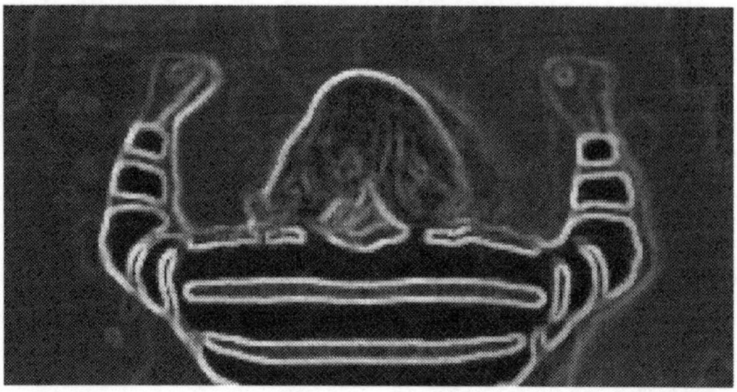

Ich hätte heulen können. Die Müdigkeit, die Dunkelheit und diese „irre Frau“ vor der Tür. Im Gegensatz zu vorher, hatte der Arzt dieses Mal gleich den Sicherheitsdienst mitgebracht. Glücklicherweise stand die Frau beim Eintreffen des Arztes noch immer vor der Tür. Die beiden Männer hatten ganz schön zu tun, um sie zu beruhigen.

Am Ende wurde die Frau mit einem starken Beruhigungsmittel sediert, so dass bis zum Ende des Nachtdienstes Ruhe war. Am nächsten Tag wurde die Frau auf eine psychiatrische Station verlegt, da sich rausstellte, dass diese eine starke Schizophrenie hatte, was jedoch in der Aufnahme unberücksichtigt blieb.

Diese Nacht werde ich wohl nie vergessen. Glücklicherweise habe ich so etwas nie wieder erlebt.

# wichtige Termine

| DATUM | TERMIN |
| --- | --- |
| | |
| | |
| | |
| | |
| | |
| | |
| | |
| | |
| | |
| | |
| | |
| | |
| | |
| | |
| | |

# WICHTIGE TERMINE

| DATUM | TERMIN |
|---|---|
| | |
| | |
| | |
| | |
| | |
| | |
| | |
| | |
| | |
| | |
| | |
| | |
| | |
| | |
| | |
| | |

# Urlaubs-planer

# Urlaubsplaner

## 2024

### Januar

| MO | DIE | MITT | DO | FR | SA | SO |
|---|---|---|---|---|---|---|
| 1 | 2 | 3 | 4 | 5 | 6 | 7 |
| 8 | 9 | 10 | 11 | 12 | 13 | 14 |
| 15 | 16 | 17 | 18 | 19 | 20 | 21 |
| 22 | 23 | 24 | 25 | 26 | 27 | 28 |
| 29 | 30 | 31 | | | | |

### Februar

| MO | DIE | MITT | DO | FR | SA | SO |
|---|---|---|---|---|---|---|
| | | | 1 | 2 | 3 | 4 |
| 5 | 6 | 7 | 8 | 9 | 10 | 11 |
| 12 | 13 | 14 | 15 | 16 | 17 | 18 |
| 19 | 20 | 21 | 22 | 23 | 24 | 25 |
| 26 | 27 | 28 | 29 | | | |

### März

| MO | DIE | MITT | DO | FR | SA | SO |
|---|---|---|---|---|---|---|
| | | | | 1 | 2 | 3 |
| 4 | 5 | 6 | 7 | 8 | 9 | 10 |
| 11 | 12 | 13 | 14 | 15 | 16 | 17 |
| 18 | 19 | 20 | 21 | 22 | 23 | 24 |
| 25 | 26 | 27 | 28 | 29 | 30 | 31 |

### April

| MO | DIE | MITT | DO | FR | SA | SO |
|---|---|---|---|---|---|---|
| 1 | 2 | 3 | 4 | 5 | 6 | 7 |
| 8 | 9 | 10 | 11 | 12 | 13 | 14 |
| 15 | 16 | 17 | 18 | 19 | 20 | 21 |
| 22 | 23 | 24 | 25 | 26 | 27 | 28 |
| 29 | 30 | | | | | |

### Mai

| MO | DIE | MITT | DO | FR | SA | SO |
|---|---|---|---|---|---|---|
| | | 1 | 2 | 3 | 4 | 5 |
| 6 | 7 | 8 | 9 | 10 | 11 | 12 |
| 13 | 14 | 15 | 16 | 17 | 18 | 19 |
| 20 | 21 | 22 | 23 | 24 | 25 | 26 |
| 27 | 28 | 29 | 30 | 31 | | |

### Juni

| MO | DIE | MITT | DO | FR | SA | SO |
|---|---|---|---|---|---|---|
| | | | | | 1 | 2 |
| 3 | 4 | 5 | 6 | 7 | 8 | 9 |
| 10 | 11 | 12 | 13 | 14 | 15 | 16 |
| 17 | 18 | 19 | 20 | 21 | 22 | 23 |
| 24 | 25 | 26 | 27 | 28 | 29 | 30 |

### Juli

| MO | DIE | MITT | DO | FR | SA | SO |
|---|---|---|---|---|---|---|
| 1 | 2 | 3 | 4 | 5 | 6 | 7 |
| 8 | 9 | 10 | 11 | 12 | 13 | 14 |
| 15 | 16 | 17 | 18 | 19 | 20 | 21 |
| 22 | 23 | 24 | 25 | 26 | 27 | 28 |
| 29 | 30 | 31 | | | | |

### August

| MO | DIE | MITT | DO | FR | SA | SO |
|---|---|---|---|---|---|---|
| | | | 1 | 2 | 3 | 4 |
| 5 | 6 | 7 | 8 | 9 | 10 | 11 |
| 12 | 13 | 14 | 15 | 16 | 17 | 18 |
| 19 | 20 | 21 | 22 | 23 | 24 | 25 |
| 26 | 27 | 28 | 29 | 30 | 31 | |

### September

| MO | DIE | MITT | DO | FR | SA | SO |
|---|---|---|---|---|---|---|
| | | | | | | 1 |
| 2 | 3 | 4 | 5 | 6 | 7 | 8 |
| 9 | 10 | 11 | 12 | 13 | 14 | 15 |
| 16 | 17 | 18 | 19 | 20 | 21 | 22 |
| 23 | 24 | 25 | 26 | 27 | 28 | 29 |
| 30 | | | | | | |

### Oktober

| MO | DIE | MITT | DO | FR | SA | SO |
|---|---|---|---|---|---|---|
| | 1 | 2 | 3 | 4 | 5 | 6 |
| 7 | 8 | 9 | 10 | 11 | 12 | 13 |
| 14 | 15 | 16 | 17 | 18 | 19 | 20 |
| 21 | 22 | 23 | 24 | 25 | 26 | 27 |
| 28 | 29 | 30 | 31 | | | |

### November

| MO | DIE | MITT | DO | FR | SA | SO |
|---|---|---|---|---|---|---|
| | | | | 1 | 2 | 3 |
| 4 | 5 | 6 | 7 | 8 | 9 | 10 |
| 11 | 12 | 13 | 14 | 15 | 16 | 17 |
| 18 | 19 | 20 | 21 | 22 | 23 | 24 |
| 25 | 26 | 27 | 28 | 29 | 30 | |

### Dezember

| MO | DIE | MITT | DO | FR | SA | SO |
|---|---|---|---|---|---|---|
| | | | | | | 1 |
| 2 | 3 | 4 | 5 | 6 | 7 | 8 |
| 9 | 10 | 11 | 12 | 13 | 14 | 15 |
| 16 | 17 | 18 | 19 | 20 | 21 | 22 |
| 23 | 24 | 25 | 26 | 27 | 28 | 29 |
| 30 | 31 | | | | | |

# Urlaubsplaner

# 2023

## Januar

| S | M | D | M | D | F | S |
|---|---|---|---|---|---|---|
| 1 | 2 | 3 | 4 | 5 | 6 | 7 |
| 8 | 9 | 10 | 11 | 12 | 13 | 14 |
| 15 | 16 | 17 | 18 | 19 | 20 | 21 |
| 22 | 23 | 24 | 25 | 26 | 27 | 28 |
| 29 | 30 | 31 | | | | |

## Februar

| S | M | D | M | D | F | S |
|---|---|---|---|---|---|---|
| | | | 1 | 2 | 3 | 4 |
| 5 | 6 | 7 | 8 | 9 | 10 | 11 |
| 12 | 13 | 14 | 15 | 16 | 17 | 18 |
| 19 | 20 | 21 | 22 | 23 | 24 | 25 |
| 26 | 27 | 28 | | | | |

## März

| S | M | D | M | D | F | S |
|---|---|---|---|---|---|---|
| | | | 1 | 2 | 3 | 4 |
| 5 | 6 | 7 | 8 | 9 | 10 | 11 |
| 12 | 13 | 14 | 15 | 16 | 17 | 18 |
| 19 | 20 | 21 | 22 | 23 | 24 | 25 |
| 26 | 27 | 28 | 29 | 30 | 31 | |

## April

| S | M | D | M | D | F | S |
|---|---|---|---|---|---|---|
| | | | | | | 1 |
| 2 | 3 | 4 | 5 | 6 | 7 | 8 |
| 9 | 10 | 11 | 12 | 13 | 14 | 15 |
| 16 | 17 | 18 | 19 | 20 | 21 | 22 |
| 23 | 24 | 25 | 26 | 27 | 28 | 29 |
| 30 | | | | | | |

## Mai

| S | M | D | M | D | F | S |
|---|---|---|---|---|---|---|
| | 1 | 2 | 3 | 4 | 5 | 6 |
| 7 | 8 | 9 | 10 | 11 | 12 | 13 |
| 14 | 15 | 16 | 17 | 18 | 19 | 20 |
| 21 | 22 | 23 | 24 | 25 | 26 | 27 |
| 28 | 29 | 30 | 31 | | | |

## Juni

| S | M | D | M | D | F | S |
|---|---|---|---|---|---|---|
| | | | | 1 | 2 | 3 |
| 4 | 5 | 6 | 7 | 8 | 9 | 10 |
| 11 | 12 | 13 | 14 | 15 | 16 | 17 |
| 18 | 19 | 20 | 21 | 22 | 23 | 24 |
| 25 | 26 | 27 | 28 | 29 | 30 | |

## Juli

| S | M | D | M | D | F | S |
|---|---|---|---|---|---|---|
| | | | | | | 1 |
| 2 | 3 | 4 | 5 | 6 | 7 | 8 |
| 9 | 10 | 11 | 12 | 13 | 14 | 15 |
| 16 | 17 | 18 | 19 | 20 | 21 | 22 |
| 23 | 24 | 25 | 26 | 27 | 28 | 29 |
| 30 | 31 | | | | | |

## August

| S | M | D | M | D | F | S |
|---|---|---|---|---|---|---|
| | | 1 | 2 | 3 | 4 | 5 |
| 6 | 7 | 8 | 9 | 10 | 11 | 12 |
| 13 | 14 | 15 | 16 | 17 | 18 | 19 |
| 20 | 21 | 22 | 23 | 24 | 25 | 26 |
| 27 | 28 | 29 | 30 | 31 | | |

## September

| S | M | D | M | D | F | S |
|---|---|---|---|---|---|---|
| | | | | | 1 | 2 |
| 3 | 4 | 5 | 6 | 7 | 8 | 9 |
| 10 | 11 | 12 | 13 | 14 | 15 | 16 |
| 17 | 18 | 19 | 20 | 21 | 22 | 23 |
| 24 | 25 | 26 | 27 | 28 | 29 | 30 |

## Oktober

| S | M | D | M | D | F | S |
|---|---|---|---|---|---|---|
| 1 | 2 | 3 | 4 | 5 | 6 | 7 |
| 8 | 9 | 10 | 11 | 12 | 13 | 14 |
| 15 | 16 | 17 | 18 | 19 | 20 | 21 |
| 22 | 23 | 24 | 25 | 26 | 27 | 28 |
| 29 | 30 | 31 | | | | |

## November

| S | M | D | M | D | F | S |
|---|---|---|---|---|---|---|
| | | | 1 | 2 | 3 | 4 |
| 5 | 6 | 7 | 8 | 9 | 10 | 11 |
| 12 | 13 | 14 | 15 | 16 | 17 | 18 |
| 19 | 20 | 21 | 22 | 23 | 24 | 25 |
| 26 | 27 | 28 | 29 | 30 | | |

## Dezember

| S | M | D | M | D | F | S |
|---|---|---|---|---|---|---|
| | | | | | 1 | 2 |
| 3 | 4 | 5 | 6 | 7 | 8 | 9 |
| 10 | 11 | 12 | 13 | 14 | 15 | 16 |
| 17 | 18 | 19 | 20 | 21 | 22 | 23 |
| 24 | 25 | 26 | 27 | 28 | 29 | 30 |
| 31 | | | | | | |

# Schul-
# ferien

## Schulferien in Deutschland 2024 / 2025

| | Schuljahr 2023/2024 | | |
|---|---|---|---|
| | Winterferien | Osterferien | Pfingstferien |
| Baden-Württemberg | - | 23.03. - 05.04. | 21.05. - 31.05. |
| Bayern | 12.02. - 16.02. | 25.03. - 06.04. | 21.05. - 01.06. |
| Berlin | 05.02. - 10.02. | 25.03. - 05.04. | 10.05. |
| Brandenburg | 05.02. - 09.02. | 25.03. - 05.04. | - |
| Bremen | 01.02. - 02.02. | 18.03. - 28.03. | 10.05.+21.05. |
| Hamburg | 02.02. | 18.03. - 28.03. | 10.05.+21.05. - 24.05. |
| Hessen | - | 25.03. - 13.04. | - |
| Mecklenburg-Vorpommern | 05.02. - 16.02. | 25.03. - 03.04. | 10.05.+17.05. - 21.05. |
| Niedersachsen | 01.02. - 02.02. | 18.03. - 28.03. | 10.05.+21.05. |
| Nordrhein-Westfalen | - | 25.03. - 06.04 | 21.05. |
| Rheinland-Pfalz | - | 25.03. - 02.04. | 21.05. - 29.05. |
| Saarland | 12.02. - 16.02. | 25.03. - 05.04. | 21.05. - 24.05. |
| Sachsen | 12.02. - 23.02. | 28.03. - 05.04. | 10.05.+18.05. - 21.05. |
| Sachsen-Anhalt | 05.02. - 10.02. | 25.03. - 30.03. | 21.05. - 24.05. |
| Schleswig-Holstein | - | 02.04. - 19.04. | 10.05. - 11.05. |
| Thüringen | 12.02. - 16.02. | 25.03. - 06.04. | 10.05. |

| | Schuljahr 2023/2024 | Schuljahr 2024/2025 | |
|---|---|---|---|
| | Sommerferien | Herbstferien | Weihnachtsferien |
| Baden-Württemberg | 25.07. - 07.09. | 28.10. - 30.10.+31.10. | 23.12. - 04.01. |
| Bayern | 29.07. - 09.09. | 28.10. - 31.10.+20.11. | 23.12. - 03.01. |
| Berlin | 18.07. - 30.08. | 04.10.+21.10. - 02.11. | 23.12. - 31.12. |
| Brandenburg | 18.07. - 31.08. | 04.10.+21.10. - 02.11. | 23.12. - 31.12. |
| Bremen | 24.06. - 02.08. | 04.10. - 19.10.+01.11. | 23.12. - 04.01. |
| Hamburg | 18.07. - 28.08. | 04.10.+21.10. - 01.11. | 20.12. - 03.01. |
| Hessen | 15.07. - 23.08. | 14.10. - 25.10. | 23.12. - 10.01. |
| Mecklenburg-Vorpommern | 22.07. - 31.08. | 04.10.+21.10. - 26.10.+01.11. | 23.12. - 06.01. |
| Niedersachsen | 24.06. - 03.08. | 04.10. - 19.10.+01.11. | 23.12. - 04.01. |
| Nordrhein-Westfalen | 08.07. - 20.08. | 14.10. - 26.10. | 23.12. - 06.01. |
| Rheinland-Pfalz | 15.07. - 23.08. | 14.10. - 25.10. | 23.12. - 08.01. |
| Saarland | 15.07. - 23.08. | 14.10. - 25.10. | 23.12. - 03.01. |
| Sachsen | 20.06. - 02.08. | 07.10. - 19.10. | 23.12. - 03.01. |
| Sachsen-Anhalt | 24.06. - 03.08. | 30.09. - 12.10.+01.11. | 23.12. - 04.01. |
| Schleswig-Holstein | 22.07. - 31.08. | 04.10.+21.10. - 01.11. | 19.12. - 07.01. |
| Thüringen | 20.06. - 31.07. | 30.09. - 12.10. | 23.12. - 03.01. |

*Angaben ohne Gewähr*

## BLUTDRUCKWERTE IN DER UEBERSICHT

| ALTER | MIN | NORMAL | MAX |
|---|---|---|---|
| 1 BIS 5 | 80 / 55 | 95 / 65 | 110 / 79 |
| 6 BIS 13 | 90 / 60 | 105 / 70 | 115 / 80 |
| 14 BIS 19 | 105 / 73 | 117 / 77 | 120 / 81 |
| 20 BIS 24 | 108 / 75 | 120 / 79 | 132 / 83 |
| 25 BIS 29 | 109 / 76 | 121 / 80 | 133 / 84 |
| 30 BIS 34 | 110 / 77 | 122 / 81 | 135 / 86 |
| 35 BIS 39 | 111 / 78 | 123 / 82 | 137 / 87 |
| 40 BIS 44 | 112 / 79 | 125 / 83 | 137 / 88 |
| 45 BIS 49 | 115 / 80 | 127 / 84 | 139 / 88 |
| 50 BIS 54 | 116 / 81 | 129 / 85 | 142 / 89 |
| 55 BIS 59 | 118 / 82 | 131 / 86 | 144 / 90 |
| 60 BIS 64 | 121 / 83 | 134 / 87 | 147 / 91 |
| BER 64 | 122 / 84 | 135 / 88 | 150 / 93 |

ANGABEN OHNE GEWAEHR

## Bundesweite Notfallnummern

| Behörde/Institution | Rufnummer |
|---|---|
| *Polizei Notruf* | *110* |
| *Feuerwehr Rettungsdienst* | *112* |
| *Ärztlicher Bereitschaftsnotdienst* | *116 117* |

| | |
|---|---|
| *Verband Deutscher Druckkammerzentren e.V.* | *0800 00 04 88 1* |
| *Telefonseelsorge* | *0800 1 11 01 11* |
| | *0800 1 11 01 22* |
| *Hilfetelefon Schwangere in Not - anonym und sicher* | *0800 40 40 020* |
| *Kinder- und Jugendtelefon* | *116 111* |
| *Sperr-Notruf* | *116 116* |

| | |
|---|---|
| *Behördennotruf* | *115* |
| *Elterntelefon* | *0800 1 11 05 50* |
| *Hilfetelefon "Gewalt gegen Frauen"* | *08000 116 016* |
| *Hilfetelefon "Gewalt gegen Männer"* | *0800 1239900* |

| | |
|---|---|
| *Unabhängige Patientenberatung Deutschland* | *0800 011 77 22* |
| *Bundesministerium für Gesundheit (Bürgertelefon)* | *030 346 465 100* |
| *Beratungsservice für Gehörlose und Hörgeschädigte* | *Fax: 030 340 60 66 07* |
| *Gebärdentelefon (Videotelefonie)* | *https://www.gebaerdentelefon.de/bmg/* |

***Angaben ohne Gewähr***

Printed in Germany
by Amazon Distribution
GmbH, Leipzig

31038417R00075